朱子沣 朱子沛 著

寄给繁星

从童年到少年的随笔札记

中国文史出版社
CHINA CULTURAL AND HISTORICAL PRESS

图书在版编目（CIP）数据

寄给繁星：从童年到少年的随笔札记/朱子沣，朱
子沛著. -- 北京：中国文史出版社，2021.1

ISBN 978-7-5205-2804-7

Ⅰ.①寄… Ⅱ.①朱… ②朱… Ⅲ.①中国文学—当
代文学—作品综合集 Ⅳ.①I217.1

中国版本图书馆CIP数据核字(2020)第250673号

责任编辑：卜伟欣

出版发行：中国文史出版社
社　　址：北京市海淀区西八里庄路69号院　　邮编：100142
电　　话：010—81136606　81136602　81136603（发行部）
传　　真：010—81136655
印　　装：河北燕龙印刷有限公司
经　　销：全国新华书店
开　　本：32开
印　　张：9.125
字　　数：200千字
版　　次：2021年3月北京第1版
印　　次：2021年3月第1次印刷
定　　价：48.00元

序 言

春苗之歌

我乐以为序的文集是一对未满十五岁的双胞胎姐妹朱子沣和朱子沛的作品。

这本书收录了作者于八岁至十四岁这七年间创作的若干篇文章。书中的文章就其体例来说，以散文、诗歌、游记为主。作者根据不同类别的文章所具有的不尽相同的特点，运用丰富的词汇、生动的语言、流畅的笔法进行了细致的描述。文集中既有对一些事物从宏观角度进行议论的文章，也有对某些人和事物进行深入细致地描述与评论，如《为你仰望星空的第一百三十年》对大艺术家梵高和他 1889 年创作的布面油画《向日葵》的描写，即属此类。作者富于想象和联想，如在《春天的香气里，对自己说声早安》一文中，触景生情，在对春天的景色进行细微描述的过程中又联想到，瑞典儿童文学作家阿斯特丽德·林德格伦的《笔友》，贝多芬的《小舞步曲》，舒伯特的《圣母颂》，也对春天迷人的景色进行了令人陶醉的描述。这本文集还有这样一个特点，即不仅具有可读性而且还带有趣味性、知识性。

十几岁的孩子能写出这样的文章令我惊喜与赞叹不已。真是长江后浪推前浪，自古英雄出少年！

九十老翁

2020 年 10 月 1 日

目　录
CONTENTS

辑三　成长的道路上

辑四　寻觅清欢

CONTENTS

辑一

感恩

爱，是人世间最美好的感情，
最深情的呼唤，最甜蜜的向往。

感恩爷爷

◎朱子沣　朱子沛

我们有一个慈祥、和蔼的爷爷，他满头银发，有一双炯炯有神的眼睛，他的身上散发着和善、深沉和智慧。每次去爷爷家，爷爷总是立刻放下手里正在做的事，到处给我们找好吃的东西。有几件事，最能让我们体会到爷爷的爱。

爷爷平日工作忙碌，但是为了能看到我们，他经常一大早来到楼下，等着送我们去上学。每当我们打开门跑向爷爷时，他的脸上就会露出灿烂的笑容。

冬天的早晨很寒冷，爷爷总是用他温暖的大手牵着我们冰凉的小手，直到把我们的手捂暖。爷爷一边走一边跟我们说话，关心地问我们的学习和生活，说到开心事，爷爷像个孩子似的跟我们一起开怀大笑。爷爷很关心我们的学习，经常告诉我们要好好学习。在我们三四岁的时候，爷爷就教我们背诵乘法口诀。有时在送我们去上学的路上，爷爷会提些问题启发我们。

　　如果我们犯了错，爷爷会耐心地教导，让我们不再犯同样的错误。有一次，我们早上起床后磨磨蹭蹭，爷爷在楼下等了好久。见到我们后，爷爷并没有生气，他像往常一样牵着我们的手，轻轻地说："以后要抓紧时间，从小养成好习惯。"我们点点头，把爷爷的话牢牢记在心里。

　　爷爷的爱，让冬日寒冷的早晨像春天一样温暖，让我们的心也暖暖的。爷爷，谢谢您为我们花费的精力和心血，您对我们的爱，我们终生难忘。

（2015 年）

我们的奶奶

◎朱子沣

我们的奶奶很美丽，她的眼睛亮晶晶的，炯炯有神，满头银白色的卷发十分好看。她的声音慈和、动听，她的笑容更是漂亮、甜蜜。

奶奶很慈祥。她经常穿着毛衣，坐在大床上。奶奶总是笑眯眯的，用和蔼的目光看着我们。她很温柔，非常喜欢和我们说话。

奶奶爱我们，她天天盼望着我们去看她。当她看见我们时，就会露出幸福的微笑。奶奶喜欢看我们演节目，不管我们演什么她都喜欢。

奶奶需要我们的陪伴。我们爱奶奶。

（2015 年）

姥姥

◎朱子沛

爱，是人世间最美好的感情，最深情的呼唤，最甜蜜的向往。听妈妈说，姥姥在我们还没出生时就开始为我们忙碌准备。我们呱呱坠地后，由于妈妈工作忙，姥姥每天无微不至地照顾着我们，一直到现在。姥姥对我们的爱，如同春风化雨一般，点点滴滴地滋润着我们的生活。最近的一件事情更让我们感受到姥姥对我们深沉的爱。

冬天来了，雪花缓缓地飘落，天气越来越冷。往年这个时候，姥姥都会为我们换上厚厚暖暖的被褥。今年有些不同，姥姥做完关节手术两个月，走路、上下楼梯都很困难，到我们三楼的家几乎是不可能的。

有一天我们出去上课，晚上回家睡到床上，觉得好温暖啊，厚厚的褥子和被子让我们暖洋洋的。我们知道是姥姥给我们换上了厚被褥，寒冷的冬夜因为充满了姥姥的爱，让我们感到温暖而幸福。第二天，我们问姥姥："是您昨天给我们换了厚被褥吗？"姥姥笑着点点头。"可是您刚做完手术，怎么走上楼呀？"我们着急地问，姥姥说："你们暖和了，姥姥的腿就不疼了。"原来，姥姥拄着拐棍，忍受着关节的疼痛爬上三层楼给我们换了厚被褥，又忍着疼痛下楼走回家。这是多么无私而深厚的爱呀！我们被姥姥的爱深深感动了。

姥姥的爱像绵绵春雨滋润着我们幼小的心田，我们感恩姥姥为我们付出那么多，我们爱姥姥。

（2015 年）

辑二

一年四季的笔

有一座高高的山，披着绿色的衣裳。春天来了，万物复苏。

壮丽的山

◎朱子沛

有一座山，一半在日内瓦，一半在法国。它很高大，很壮丽。它的名字叫 Saleve，高一千多米。

山上，绿树成荫，那树儿又高又大。它们给这座山许许多多非常新鲜的空气，它们让这座山变得生机勃勃。山上，花朵满地，那花儿又鲜艳又娇嫩。它们把山染得漂漂亮亮，它们就像一个个住在山上的小精灵。山上，鸟语花香，是那么欢畅。它们把这座山打扮得像天堂一样美丽！

从山上往下看，这风景多么壮丽！一切景物都那么渺小，平常觉得高耸入云的大喷泉只有石子般大。啊，站高望远，可以看见整个日内瓦！

（2014 年）

一年四季的笔

◎朱子沣

每个季节都有一支笔，春、夏、秋、冬都有自己的笔。

清秀的春姑娘有一只粉红色的笔，她唱着悦耳的歌曲来到人间。她拿起笔，将桃花和蔷薇染成了粉色。她又把云朵涂成了粉色，世界变得温暖。所有的花都开了，万紫千红，争芳斗艳，像一道道彩虹一样铺在田野上，鸟儿在自由自在地歌唱。当看到这鸟语花香的春天时，春姑娘笑了，笑容像桃花一样美丽。

可爱的夏姐姐有一支火红色的笔，她跳着优雅的舞来到人间。她拿起笔，染红了太阳和瓜肉。她又染红了空气，世界变得炎热。原野上一片青葱翠绿，各种各样的生灵在森林里玩耍。当看到这生机勃勃的夏天时，夏姐姐笑了，笑容像阳光一样灿烂。

慈祥的秋姑姑有一支金黄色的笔，她迈着轻盈的步伐来到人间。她拿起笔，染黄了枫叶和稻田。她又染黄了天空，

世界变得凉爽。五颜六色的树叶像一抹朝霞一样挂在树上。农田里，人们在收割麦子、高粱和玉米。当看到这五谷丰登的秋天时，秋姑姑笑了，笑容像麦田一样宽厚。

善良的冬爷爷有一支洁白的笔，他咆哮着来到人间。他拿起笔，染白了雪花和大地。他又染白了世界，世界变得寒冷。雪花从天空中纷纷扬扬地飘落下来，软绵绵的白雪像棉被一样铺在大地上。当看到这白雪皑皑的冬天时，冬爷爷笑了，笑容像雪花一样纯净。

啊，四季的笔，谢谢你把世界打扮得多彩又美丽！

（2014 年）

可爱的秋天

◎朱子沛

可爱的秋天，是多么美丽。不光风景好，而且果子还很甜。你不相信吗？我仔细讲讲吧。

秋天的风景非常可爱。有些叶子变黄了，像小星星在欢笑。有些叶子变红了，和花儿一样，却更美丽。晴天时蓝天白云，阴天时下点秋雨。看，松树不怕冷，更绿了。秋天的风变得凉凉爽爽，一抬头，还能看见迁徙的鸟儿呢。

秋天是特别的季节，叶子落了，动物开始准备冬眠了。小麦、水果成熟了，真像金色的浪花在田里跑步，像小灯笼挂在树梢。天变凉了，风呼呼地刮着，让人觉得有点冷。

这是秋天给我们的一封美丽的信。

（2014 年）

列支敦士登——山的摇篮

◎朱子沨

　　列支敦士登是山的摇篮，她好像沉睡在油画里。她是那么奇幻，也是那么美丽……

　　优美围绕在那里，真是让人入迷。夕阳照在山顶上，好像金色的佛光。秋色早就进入了森林，山谷的风呀真是凉爽。在一碧千里的绿色山谷里，小溪正在潺潺流淌。天瓦蓝瓦蓝的，云朵像晶莹洁白的丝绸在仙境中荡漾。

　　在列支敦士登的山下，莱茵河缓缓流过。有一座通向瑞士的桥。在这袖珍小国的夜晚，"天星地星"连成一片。钟声神秘地作响："当，当，当……"

（2014 年）

冬天

◎朱子沣

冬天是一个美丽的季节。冬天里，天气比较寒冷。雪花像小仙女一样在冬日的天空中起舞，也给高耸入云的山上披上洁白的衣裳，给广袤的大地铺了一张洁白的棉花地毯，再加上树上的树挂、房檐的冰柱，十分漂亮。

冬天是一个有趣的季节。动物们冬眠了。我们穿上了毛衣、棉衣之类的厚衣服。我们可以堆雪人、打雪仗；我们可以去看美丽又清香的梅花；我们可以去滑冰、滑雪、打冰球、爬雪山、冬泳、泡温泉……我们在冬天里有许多乐趣。圣诞节也在冬天。

冬天很美丽，冬天很有趣。冬天虽然冷，但我爱冬天。

（2014 年）

冬天

◎朱子沛

冬天是一个好季节。

冬天很美丽。雪花飘下来，连天都像被雪涂白了一样，也给大地铺了一层洁白的地毯。风刮来了寒冷，水结成了冰，冰像水晶一样透明、洁净。

冬天很冷。小河不流了，水结冰了。树光秃秃的，大家都穿上了暖和的大衣。动物们冬眠了。

冬天很好玩。孩子们堆了一个个漂亮的小雪人，它们像个真正的人一样看着孩子们。孩子们有的打雪仗，有的滚雪球，还有的在爬雪坡。大家在平地上滑冰，到山坡上滑雪。冬天还有还有春节和圣诞节，在这两个节日中，大家都会快乐地庆祝。

冬天真好，我喜欢美丽、寒冷又好玩的冬天。

（2014 年）

一面明镜

◎朱子沣

在一个美如仙境的地方，有一个明镜湖泊。它既像一面透亮的镜子，又像一颗碧绿色的宝石嵌在山间。白天，它映照着小鸟在树上唱歌。夜晚，月光把它照成银色。

明镜湖泊的夜晚很美。天空中繁星闪闪，湖面上也映照着星星，如同天上的星和地上的星连成一片。神秘的月亮透过云照在地上，如同无数光圈，一切都好像在一个温和的梦里。

夜晚过去了，黎明来到了。东边的山上泛着金光，火红的太阳升起来了。太阳的万丈光芒把那湖泊唤醒，"啪、啪、啪……"，晨露滴入了湖。湖面上闪着光，好像水里有金子。鸟儿们从树林里飞出来，翠鸟在芦苇上歌唱。阳光洒向湖面，形成了一道彩虹，一切都沉浸在美好和宁静之中。明镜湖泊的黎明最为美。

cuì niǎo
翠鸟
kingfisher

星期日
2015年2月2⋯
日于日内⋯
朱子沛

　　它，一个普通的明镜湖泊，但映照着世界的美丽多彩和生活的幸福快乐。啊，在美丽动人的地方，有迷人的湖泊！

（2014 年）

森林

◎朱子沛

　　森林是一大片绿树，里面生活着无数的动物和植物。这个美丽的乐园是大自然的笑脸，也是地球的肺。如果人们走进森林，就会听见鸟儿的鸣叫声、河水的流淌声，看见跑来跑去的小动物和穿过树叶的缕缕阳光。

　　森林是美丽的快乐世界。白天，灿烂的阳光照进树丛；晚上，皎洁的月光照亮树顶。在森林里，珍奇的鸟儿唱着动听的歌，鱼儿在小河里自由自在地游泳。清风吹过树枝，人们在森林里尽情地享受着大自然。

　　但是，如果人们砍伐树木，森林就会慢慢消失。所以，我们要爱护森林，多植树，让我们的地球成为绿色的家园。

（2014 年）

美丽的石头

◎朱子沣

我去了一个叫哈尔斯塔特的美丽小镇，在那里买了两块石头。

有一块石头是淡紫色的，像丁香一样。它凉凉的，摸着它，让我感到十分舒服。它像冰一样滑，像湖水一样通透，它摸上去清凉如水。在它浅紫色的身上，有一丝一丝透亮的白色，远远看着它，就像紫色宇宙中的白云朵。

另一块石头是棕色的，上面有 17 个围着它的圆环，就像绕着山的路。底下比较深，比较暗，上面比较浅，比较亮。虽然它没有另一块石头通透，但花纹比另一块石头漂亮。它的圆环是棕色、白色、红色、土黄色相间的。石头的顶上有个洁白的圆，如同水晶般闪着光。它就像一块玛瑙一样。

每当看着这两块石头，我就想起在哈尔斯塔特的美好时光：在那山清水秀、风景如画的小镇里散步，在湖上划船，等等。摸着它，让我感到平静、凉爽又快乐。

虽然它们只是普通的石头，但在我心里，它们是温润澄净、价值连城的宝石，因为它们擦亮了我的眼睛，洗涤了我的心灵。

（2015 年）

雪白的石头

◎朱子沛

在日内瓦湖边，我经常捡到漂亮的石头。我最喜欢的石头是一块雪白的石头。

一个美丽的下午，我在日内瓦湖边玩耍，突然我看到了一块雪白的石头，静静地躺在湖边。我把它捡起来，又用湖水洗了一下。它在灿烂的阳光中闪烁着，那样美丽，又那样干净。那块石头像一块玉一样躺在我手中，真可爱。我跑去给子沣和妈妈看，她们都很喜欢那块石头。我又摸了摸它，感觉它像冰一样光滑。我高兴得玩着那块雪白、纯净的石头。

该回家了，我把那块雪白、美丽的石头轻轻地放在地上，看着它闪烁的光芒消失在一片石头中。

这就是我喜欢的石头。

（2015 年）

月

◎朱子沣

天空黑了下来，月亮升了起来，像一个白玉般的圆盘。皎洁的月光轻轻地抚摸大地的脸庞。柔和的月亮洒下了银色的轻纱，将小路照得月影团团。月光照在池面上，像一个优雅的仙女那含着微笑的脸。水上波光粼粼，仿佛星星在闪烁。

月光，既没有阳光那么灿烂，也没有星光那么暗淡。月光，永远是柔和的，平淡却足够明亮。月亮是神秘夜空中的一盏灯，光虽然微弱但永不熄灭。它默默奉献，眨着永含笑意的眼。哪怕只给人间带来一丝光明，也会快乐。洒出那白光的，正是银子般的月亮。月盘，多么美丽，多么纯净，圣洁之光像天使在星空中荡漾！

（2015 年）

月亮

◎朱子沛

　　夜晚，天上挂着一轮圆圆的月亮。月亮像一面透亮的镜子，又像一个光滑的圆盘。天空上，没有一颗星星，只有月亮在天上，洒下洁白的光。月光是那么皎洁、那么柔和，既不像阳光那样刺眼，也不像星星的光那样微弱。月光把楼房照成美丽的灰白色，把人的头发照出一圈光环。月光，比什么光都神秘，比什么光都纯净。一片云飘来了，盖住了月亮，但月光是那么坚强，透过云，发出柔和的光。中秋的月亮，圆又圆。月色融融，洒向了广阔的大地。

（2015 年）

雪

◎朱子沣

在一个宁静的早晨，天下起雪来。雪花在空中跳起了芭蕾舞，像鹅毛一样，飞快但无声地飘落下来。"赶快建好屋子，找点松果，准备过冬啦"，它们对松鼠说。"飘落下来，变成大自然的邮票，冬天来啦"，它们对叶子叫。雪花捎来了寒之信，带来了冬之歌。

早晨醒来，拉开窗帘，一切都沉浸在一片白茫茫中。是不是下了面粉？还是下了白糖？这软绵绵的"地毯"上，留下了一串串小脚印。哦，可能淘气的小学生"破坏"了这地毯。树叶上全是雪粒，好像白玉一样，美丽、素雅，令人感受到一股清美的欢乐。

走在小路上，像滑冰似的。摸一摸雪团，啊，凉到了心里。翠竹不怕冷，它自豪地挺立在风雪中。小花真脆弱，它经不起一点打击。在植物眼里，雪是不一样的。

雪是夏天的噩梦，是冬天的笑容，雪是树木的安眠之时，是孩子们的欢乐之钟……雪使世界多彩，雪真美丽呀！

（2015 年）

奇丽红树林

◎朱子沛

我读过一篇课文，讲述的是红树林。课文中优美的句子把红树林描写得十分生动，让我有了个小小的梦——看看真正的红树林。终于在海南岛上一个凉爽的中午，我看见了红树林。

我来到了红树林，走上了红树林栈道的起点，栈道下面的沙滩如黄绸缎般铺到远处。我倚在栅栏边，看着沙滩上一个个生灵。沙滩上的招潮蟹只有一只巨大的钳子，小巧的身躯与巨大的钳子搭配起来，有些滑稽和不协调。跳跳鱼暗灰的身子上长着两个短鳍，摇晃尾巴在水中游，生机勃勃。

走到栈道中间，碧水已经没过了沙滩。远处是清澈平静的河水和红树林。红树林的树冠青葱翠绿，在阳光照射下泛着绿光。树林茂密极了，叶片贴着叶片，枝条并着枝条。一眼望去，苍翠的一大片。红树林的叶子在微风中摇曳，透着一种自然的美。

快走到栈道尽头，有一些卖海南特产的商铺。我品尝海南的杂粮——毛薯和南椰，毛薯长得很像芋头，黑色的皮，嫩白色的心，小小的。剥去皮，咬一口，味道很奇妙。有着芋头的香甜，山药的清脆。南椰形状像胡萝卜，一小节一小节的，淡黄色，味道无比甜美。我想，是自然给予它们美味的吧。

红树林栈道在我们前面越来越短，然后到了终点。陶醉地回首望去，清澈的河水，湛蓝的天空，闪烁的沙粒，纯白的云。在这之中，有一片浓绿的红树林。自然把一切渲染得多姿迷人，显现出无限的魅力。

奇丽红树林，是自然的一个唯美的杰作。

（2017 年）

雪中梦

◎朱子沣

冬天到了，整个森林好似一个银装素裹的世界，被皑皑白雪笼罩着，沉浸在静谧之中。

森林中的生物也在静静地睡。国色天香的牡丹在低头休息；娇媚艳丽的芍药正做着甜美的梦；枫树也脱下了红披风，盖着雪花被睡着了。一切都是静止的，只有雪还在飘舞。

但是，在森林的角落里有一棵竹子。它的叶子纤细修长，有着丝滑的手感；它的身体是一节一节的，翠绿又刚劲。它全身披满白雪，可仍然挺拔地立在那里，从来不怕冷、不休息。花朵儿们时常奇怪地看着它，它却只是微微一笑，继续做雪中的"卫士"。

终于有一天，一只小麻雀忍不住了，去问竹子为什么如此坚定地在严寒中屹立？

竹子回答说："因为我要磨炼自己，磨炼自己坚强的意志。'千磨万击还坚劲，任尔东西南北风。'我的梦想就是使自己挺劲的身躯越来越坚韧，才不愧对'岁寒三友'的称号呀！"

"是啊，竹子的意志那样坚强，正是因为它对自己的严格要求。如果我也能像它一样，我一定会更加优秀！"小鸟心想着，往家飞去。"我终于明白竹子为什么在雪中屹立了！因为它有自己的梦想！"它回过头望着竹子那刚劲的身影，在雪中渐渐朦胧……

（2017 年）

森林之梦

◎朱子沛

冬天，毛茸茸的雪花缓缓飘落，轻轻地落在小森林的树上。一片洁白，很美。

在这雪后的冬天，树木们已经睡了，花儿们垂下了苞，树叶儿落在地上，小草们也休息了。这时，一群身躯小巧玲珑的紫蝴蝶来到了小森林，它们煽动着色彩淡雅的翅膀在树枝间飞舞。小森林里的树木花草都有一个共同的梦想，他们希望能呵护这群在空中飞舞的，梦幻般的生灵；希望能给纯粹的冬天添些优美的色彩；希望能为紫蝴蝶创造一个舒适的环境，在这里安逸地生活一个冬天，可它们无能为力去实现这个梦想。

临寒独自开的梅花对失望的树木花草说，"没关系，我和松树来帮你们照料蝴蝶，放心。"

梅花绽开了粉白的花瓣，带来了阵阵清香，纯美素雅；松树抖落了针叶上的霜，精神抖擞。累了，紫蝴蝶就飞到松树枝子上，在针叶下温暖地睡觉；饿了，紫蝴蝶就吸食梅花蜜。从此，紫蝴蝶过上了幸福的生活。

紫蝴蝶在森林里度过了一个快乐的冬天。很快，春天来了，2月的春风吹绿了树木，唤醒了森林。紫蝴蝶恋恋不舍地离开了，小森林里所有植物都在想：爱心如此美好！

（2017年）

水木湛清华

◎朱子沣

天高云淡，气清景明。春天随和风到来，清明也在人间漫步了。在一片恬静的蓝天下，我们跟随作文老师来到了清华大学。

进了石门，徜徉在草坪边，东张西望着，眼睛停留在了一朵白玉兰花上。它露出了微带黏液的花蕊，张开雪白的花瓣，如含笑的美人，清冽、冰纯。

漫步走去，绕过日晷、穿顶、闻一多雕塑，老师带我们走过一条幽径，说，去看夕阳吧。金光射了过来！照耀着我。我屏住呼吸，虔诚地注视面前的一片柳暗花明。余晖依然灿烂，太阳像个明晃晃的盘子挂在天上。缤纷的阳光画刷把天染彩了，恰似一幅晴柔的水彩画。月儿若隐若现，似乎准备要用静谧的墨洒黑天空，带来黑夜。

看看池塘，那微起涟漪的池面。翠碧的水边，绿柳娇媚地扶风起伏，似在春光中，倦怠地小憩。水映着它们的倒影，也映着行人，映着暮霭，映着云彩，同时映着红尘。看着对岸，朱自清正"坐"在水边，浑身如汉白玉一样洁白。这位文质彬彬、温文尔雅的君子，正凝视着水面，似乎陷入了沉思。

望着他，我也开始思索。教育，对于一个国家来说，是多么的重要！"十年树木，百年树人。"闻一多、朱自清等一大批仁人志士，为中华崛起，投身教育事业。清华建校百年，培养出了一批批人才，成为国家的栋梁。为中国腾飞培育学者英才，这就是清华大学的宗旨吧！

余晖逝去，天色已昏。我感到肃然起敬，同时在心中暗暗告诫自己，要努力"为中华之崛起而读书"。

（2017 年）

吟清华

◎朱子沛

清明前的一个春日下午，蓝天如水，轻风拂面，我们跟随作文老师去游清华园。

进门，左侧的楼前，两棵玉兰树亭亭玉立。玉兰绽开了，纯粹雪白的花瓣，拥着，拢着，现出一朵巨大的花。冰清玉洁，雅而不酸，清香脱俗，清纯婉约的花儿，嵌在玉兰树上，是如此优美！

沿着小径，绕过草地，一片池塘映入眼帘，正是"曲径通幽处"。

池塘的水，碧绿碧绿，宛如一块碧玉。把一根短枝扔入，一片涟漪荡漾开来。水边几株垂柳，嫩绿新鲜的柳条，纠缠着涟漪，婀娜娇媚，秀雅柔美。池边，怪石突兀，掩着一座古雅有韵味的古亭，犹如诗一般的画面。

夕阳西下，金色的光辉浮在水中，"半江瑟瑟半江红"。那落日，那天边被染红的云霞，揉碎金光，洒在水面上，焕发出瑰丽的色彩。

　　向前走，看到了朱自清先生的雕像和"自清亭"，我想起了历史中的他。他是一个散文家，笔下有着《荷塘月色》《背影》等诸多不朽的文章。更重要的是，他是一个爱国的人，"饿死不吃救济粮"。他有一颗红心，永远热爱着祖国。如此伟大的朱自清，清华"自清亭"以他的名字命名，为缅怀他高尚的爱国主义精神。

　　自然的乐章，爱国的史诗，教育的神笔，尽在水木清华。

（2017 年）

日本·冬日暖阳下的初次相识

◎朱子沣　朱子沛

前言·关于此次旅行

印象中窗外还在慢悠悠地飘落着枯叶，恍然间却发现已落了不少雪，算是一年深冬了。

往年圣诞节间去过不少地方，一般是去滑雪的，听说日本的粉雪很有特色却从未去过，便打算在这个圣诞节期间去日本，滑雪之余，也到几个城市里转一转，了解一下这个国度。

这一程旅行如同以往，走走停停，随遇而安，没有一个精确的目的地与行程安排，只是伴随着冬日微冷的阳光，漫无边际似的到处走着——我们寻觅的又不是哪一个目的地的哪一处确切的风景，而且我深信，风景永远在路上。

在这走走停停之间，一路上收集了不少图像、故事与碎片化的感动。喜欢摄影、喜欢写旅行日记、喜欢走在街道上向四周张望，想象着哪个角落里我们所不知道的故事。喜欢感受，喜欢思考，喜欢在空气中与颜色里收集一个地方特有的一种味道，又将这些味道装入了脑海中的气味瓶，成了对于一个地点的初步印象。

旅行结束后，如有闲暇，便想将这一切记录下来，将琐碎的感受与色彩汇聚起来，写一册旅行手记，留给自己的记忆，当然，也留给每一个愿意读的人。

就这样，我们在冬日的暖阳下，与日本初次相识。

且听娓娓道来。

东京

东京是日本的首都，也是我们第一个在日本停留的地方。

东京是个举世闻名的大都市，但也有着一些不为人知的角隅。高耸的东京塔，充实的博物馆、街道、商业区，是东京被人所熟知的。但，这也不只是全部的东京，东京固然"大"，在这种"大"中也有着生活中细碎的"小"，这种感受只有到了东京才能体会出来。就像街心公园里的长椅，路过的穿短裙的女高中生，路边小寺院里的石碑，深夜里的小拉面馆……

东京大，也小；繁华，也静好；匆忙，也悠然。

− 繁华 −

新宿·银座·原宿·涩谷

　　一提到东京的商业区域，就不得不提到著名的新宿与银座；而一提到东京的时尚区域，也会让人不由自主地想起原宿与涩谷。

　　总是感觉所谓"逛街"所浏览的并不是街边那一家家琳琅满目的店铺，而是这条街道本身，于是大多数时间，我们都只是在街上一直向前方走着，走过一片又一片的繁华。走着，看紧密排开的楼房，看夜幕降临时闪烁起来的霓虹灯牌，也看那匆匆过路的人群里，或喜或悲的一张张面孔。

　　新宿确实是一片繁华的商业区，宽敞的街道和细窄的小巷组成了一个道路的体系，在高楼与房屋之间流淌穿梭。大楼上挂着颜色鲜亮的海报，显示屏在不断地变换着颜色，马路两端的红绿灯闪烁着，人们像潮水一般四处穿行。在这错综复杂的系统里，使人不得不时常在路中间停下来，环顾四周的各种建筑与道路，看着一张张脸从自己面前一掠而过，在眼花缭乱中，感到自己仿佛在这潮水之中深深地迷失了，一时辨不清方向。

　　误打误撞，进入了一条小小的巷子，两楼之间只留出一条大约只有两人宽的窄道，楼之间挂着极富日本特色的小灯笼，在黑暗的夜里，笼罩着橘红色的柔光。巷子的两边，都是灯影昏黄的小餐馆，只有不到十平方米的小店里，拥挤地坐满了人，喝啤酒，吃冒着热气的烧烤，闲谈说笑。暗淡的灯光使人脸上泛着暖色调，柔软的氛围里，是繁华与现代背后充斥着烟火气的生活。

银座的繁华也与新宿相差不多，只是显得更加高档与现代，灯红酒绿，却让人觉得有些冷漠茫然。

原宿与涩谷是所谓东京年轻人的聚集地，体现着日本街头文化与时尚，只是我们去时正是元旦，许多店铺并不开门，便只是散了散步，没有太深的体验。

印象最深的是涩谷著名的十字路口，电影《忠犬八公》的取景地。站在路的一端，看着斑马线对面浩大的人群，形色各异，都在等待着红灯熄灭，便走到另一边来。顷刻，绿灯亮起了，人们仿佛被某种神奇的磁场所推动了似的，向着对岸倾泻奔流而来，有序地排列着，却也如海浪冲刷，使人感觉好像在刹那之间被卷入被淹没。在两个人群交融之际，色彩鲜明，恍惚，点点斑斓，好像一切都很快都要不受控制了，但每个人都只是匆匆走着自己的路，接着，红灯亮起，路上空旷，一切都没有发生。

于是，当一切都要再次发生时，便站稳了脚步，举起相机，按下了快门。

－ 神明 －
浅草寺·明治神宫

而一说到东京和日本的文化，人们总会想到日本的神社。确实，神社总包含着宗教的意味，包含着日本人们对神明的崇拜与敬畏。然而神社本身也逐渐成为一种特殊的存在，一看到神社，便会感到那种浓浓的日本风格。

若说东京最著名的神社，那应该是浅草寺了。元旦前的夜晚，灯火通明，雷门高高的鸟居前挂着的红色大灯笼，渲染着神秘而欢乐的节日气息。顺着街道前去，两侧皆是小店，琳琅满目的工艺品和糕点，人声鼎沸，穿着和服的姑娘摇晃着簪子的挂饰。记得，在屋檐下吃一个刚出炉的鲷鱼烧，柔软的面皮包裹着甜蜜的豆沙，咬一口便飘出热气，在微微朦胧中看过往行人的笑容。

走出这条热闹的街道，就是浅草寺的正殿了。红色的房梁，黑色的屋顶，匾额上竖写着三个字——浅草寺。殿前排满了等着新年祭拜的人们，虔诚而迫切地望着那高耸的红色柱子和垂在房檐一角的、随风轻摇的铃铛。悄悄看过，排在队伍最前的是一对年轻夫妻，抱着一个幼小的婴儿。风并不温柔，天气也微冷。在这里静默着等待的人们啊，心中怀了多少对神明的感激和诉求！天空是纯粹的蓝黑色，那天空下的红色和灯火，是多少人心中的愿啊。

听说新年过零点时，浅草寺会敲108下钟，如果身处其境，一定也是一个动人的场景吧。

再说明治神宫，也是东京一个重要的神社。修建于明治时代，今年已经到了它矗立在这世上的一百个年头了。走入大门，是一条路径。路的两侧是参天大树，那树干粗而直，不知承载了多少年轮，那树冠深绿，浓密，投下一片片幽幽的树荫。静静地从树之间向神社走去，让人恍惚感到仿佛在走向一个神灵的世界。

走到神社前，默默等待，当自己站在那里时，往里抛一个硬币，然后默默许愿。其实在一个地方许愿，真的是因为相信它可以带给自己好运吗？也未必，可能只是一种祝福，也是一种对自己新的一年里的期盼吧。

– 安然 –

日暮里

日暮里位于上野，在东京这个大都市里并不特殊或繁华，却是此行在日本所邂逅的第一个地方，一切看上去都平淡无奇，却如惊鸿一瞥，令人为之动容。

拖着行李箱，走进了路边一家小小的旅店，走过狭小的走廊与楼梯，用钥匙打开了房间的门。那是一个小而温暖的榻榻米房间，被套上印着浅桃红色的图案，纸糊的窗子被木条分隔成了一个个的小方块，拼凑成了窗外沉静的夜。

到街道上去走走吧。沿着安静的街道向前随意地行走着，看着，字体清新的路牌，电线杆上小小的告示，整齐的方形楼房、电线，"711"便利店三色的灯光，已暗淡下来的一扇扇窗子，路面上粉刷的白色标志，还有照亮着这一切的月光。日暮里有一种特殊的氛围——玲珑、清新、干净，仿佛一切都笼罩着一层淡灰蓝色的滤镜，是一种能够深入到人心坎里的温柔。

进了一家路边的拉面馆，点了一碗热气腾腾的骨汤拉面，细而富有弹性的拉面，加上浓厚的热汤，令人在清冷的深夜里满心温暖。灯影昏黄得显得古旧，店主穿着围裙，头上戴着白头巾，静静地站在墙边看着三三两两的几桌顾客。隔壁桌坐着三个男子，好像已经吃完了面，正在互相谈着天，时不时说笑几句。虽然听不懂他们在谈论些什么，但在那低沉的日语声里，却感到了一种深深的感动——那些在这个大城市里忙碌一天的人们，也能在下班之后与两三好友一起，在街边小店里吃一碗热乎乎的拉面，给自己片刻的休憩与平静。

东京，繁华拥挤，却仍在日暮这个温柔的角隅里，装满了人间。

进门之前，再回头凝视了一眼，夜色愈发浓郁了，月影昏沉。

于是，我对街边的路灯道了句夜安。

长野·白马村

其实我们来到日本的首要目的，是滑雪。

长野作为 1998 年冬奥会的举办地，很多人慕名而来，我们选择了长野的白马村。

后来发现，白马村除了滑雪的乐趣，还有自己独特的美。

－ 滑雪 －
八方尾根·白马 47

早就听说日本粉雪的独特，此行我们来到长野的白马村，想要体会一下日本滑雪的感觉。

小镇多雪，冬日，雪总是纷纷扬扬地飘着。有时轻薄舒展如同鹅毛的舞蹈，有时却又在地上随风狂乱，旋转。那些日子里总是银装素裹的，地面上的白色已经成了细腻而清幽的光滑，走过，留下一串清晰的脚印，不一会又在落下的雪花中静静消失踪影，而树枝上也落满了雪，不禁让人想到了川端康成所写的《雪国》中的风光。尤记，下雪的夜晚撑一把酒店门口的透明伞，漫步在只有三两个路灯的小路，雪落满了伞，雪花轻轻勾在发梢，沁沁凉凉的。白马村的雪便是一种淡雅略带忧郁的纯美了。有时不同，狂风怒啸，雪花紧紧缩成冰粒一般，在风的乐章中乱舞，天空茫然，人只能从窗户中屏息看着那疯狂的自然舞曲。这时，白马村的雪又是一种飒爽却令人敬畏的不羁了。

多雪，那必定滑雪也有趣，白马村最著名的雪场是"八方尾根"和"白马47"。在山上滑雪是另一种不同的兴味。雪板擦过粉雪，柔软、光滑、舒心，宛如用画笔抹开上好的水粉颜料，在雪道上留下一片光洁的纯白。雪板又好像黄油刀，顺滑地抚平着雪，就像凝结的牛乳一般，涂抹着柔软。陡坡上，转弯顺着雪而下，风从身边向后奔去，心中的烦恼仿佛也脱离开灵魂留在了山上。雪末飞扬，心中澎湃，不经意间竟发现发梢已经与冰晶凝结成了银白的颜色。到了山底，仍觉得回味无穷。

有时滑雪时雪仍然飘的很大，山上一片吞没一切的雾气。雪道是纯白色的，树林是银白色的，天空也是白色，几步以外的人都是一片五颜六色的虚影。这时心中不禁微惶，就恍若面对未知与迷惘时，只能看得见自己脚下的步伐。而滑了一段路，突然柳暗花明，出了那一片迷雾，抬眼望去，忽然看见山下的小镇、对岸的青灰色的雪山，和藏在乌云缝隙中的金色的璀璨的阳光。心中豁然开朗，又想到，人生，也不过如此吧。

－ 小镇 －

神社·街道

在人们心中，似乎来到白马村不滑雪，是没有什么意思的。其实，也不尽然。

白马村是个很小的镇子，在雪山下近乎与世隔绝。我们住在小镇的边郊，更是僻静，酒店的小屋隔一条路是山，而后方只是大片的满是干草的田野。门前的路蜿蜒，静静地远远地通向小镇的中心。尤其在夜晚，天黑得早，在一片静谧的黑夜中，只有几个路灯站在路旁，投下温柔的昏黄的灯火。安静的无声，无人，能听见飘雪的声音。

而小镇的中心，也没有什么繁华景象，只是弥漫着一股人间烟火滋味罢了。阴天的中午，在细细的错综复杂的街道中找一家小餐厅，是吃荞麦面的。外面清冷，店里却温暖，店员笑着问你想要吃些什么。冷荞麦面是这里的特色，没有经过调料或者汤汁的渲染，干净纯粹的面条，泛着荞麦的原始颜色。吃到口中，劲道带着麦香，是最自然的本味，是日本对事物原本滋味的崇尚。

小镇里有个神社，藏在几棵大树之中。最前是个鸟居，上面拿绳子挂着白色的阶梯形的纸条。默默走入，走过一个石桥，再向前走，是高高的石头台阶，在台阶之上，是个木头制成的小神殿。看上去似乎有些年月，石桥、石阶已经斑驳，上面满是青苔，阶梯旁是一棵参天大树，浓荫将神社拥在其中，树干极粗，似乎两三个人都无法环住。神社的屋顶上也是青苔，寂静，不知从前有谁曾经在这里逗留过呢。神社让我想起《千与千寻》，仿佛进入了一个神灵的世界，那石头上绿的幽邃的青苔中，是不是也有哪个精灵顽强而倔强的灵魂呢。想着，刚走下台阶，突然听见了小镇广播里的钟声。钟声悠长，悠远，余音在小镇的天空上飘扬不愿意散去。神社在这钟声中静止着，好像听见了精灵的笑语……

– 夜色 –

星空

在白马村的那一夜，无风，无雪，天气清朗开阔。

披上羽绒大衣，便走到了这无边的夜色中了。毕竟只是个安静的小镇，沿着道路向前走，渐渐地便没有了路灯，到了最后一盏路灯的边界处，暖黄色的光影与前方的漆黑悄然交融。

既然都是漆黑一片，就索性打开了手电筒，踏着细碎的石子路走到满是干草的田野中去了。

靴子踩在还结着冰霜的干草地上，发出咯吱的声响，蓬松，顺从。这期间，无意间抬起了眼，便在刹那间被深深地震撼了，不觉屏住了呼吸。

星空！

夜幕恍若一张巨大的黑色幔帐，低垂在地球上空，不断地向下漫延。在这片无垠的墨色之中，闪耀着点点繁星，笼罩在干净得如同仙境的小镇之上，一切遮挡都被擦拭掉了，使每颗星都无比明晰。一颗颗星星就像八音盒里一个个清亮的音符，缓缓演奏着舒伯特的小夜曲，送整个世界入眠。猎户座的猎人腰带闪烁，北斗七星无言地指向北方……而在这些星的背后，是若隐若现的迤逦银河。

星河粲然，在天空之上流淌，随意地闪烁着光芒，照出一轮光晕，抑或是带着银灰色的微笑，淡然独处。灿烂，动人，星星好像坠入眼眸里的一颗颗冰块，使人一时说不出话来，心中的感动马上要倾泻而出，化成点点热泪，来映照这星空。

若不是夜清冷得令人手指冰凉，我愿意一动不动地立在田野中央，仰望星空，直到繁星远去，黎明到来。

远山处，三两房屋，灯火阑珊，也快要熄灭了吧。

陌生人，好梦。

镰仓

镰仓，一个离东京不远的日本小城，虽说不像京都那样著名，但也是日本的一个占都。

想起镰仓，总是想到水彩画，清新的色系，总是想到夏天。尽管说镰仓适合夏天去，但是冬天的镰仓也丝毫不萧瑟，也许微冷也冻结不了那暖暖的温柔吧。

镰仓，是日系文艺的滤镜。

－ 清新 －
街道

镰仓的街道，是一幅带着浅蓝色调的水彩画，清新、轻盈、通透。

走在小街上，街道两边时常出现古旧的木房——毕竟，镰仓也是日本的古都之一。那些已经在岁月的风霜之下显得有些残破的楼房，木头上的雕花已不再清晰，却没有那么厚重而忧郁的历史感，只是对于历史沉淀一笑了之，安静之中带着一种无言的美感。

街道上人来人往，两边的店铺会将或横或竖的招牌伸出来，形成了一种独特的日本风格，看上去琳琅满目却也排列整齐。店铺里卖的一切都好像小小的，小小的装饰，小小的工艺品，纸伞、发簪、木梳子，当然还有各式各样的日本糕点，在阳光之下散发着甜甜的香气。

街边有一家小店，煮着各种水产食物，鱼糕、鱼饼、鱼丸，热气腾腾地穿在竹签上，拿在手里，令人心里也暖融融的。街边还有一家小店，卖着几十种不同口味的花生，咸的海苔味、酸的梅子味、甜的巧克力味、辣的芥末味……本来地方就不大的小店里挤了许多人，人们充满好奇地品尝着各个口味，与自己的家人朋友评价着哪个味道更好，热闹极了。

镰仓的街道就是这样，清新的同时，也带着淡淡的烟火气。

有时候走着走着，便看见楼与楼之间产生了一个间隙，一条细马路从繁华的街道里延伸了出去，通往几座安静的小

房子。有时道路蜿蜒，也看不清通向哪里，只是看粗略的方向，猜想着应该是会通往群山上的树林。

镰仓的街道，在阳光下显得轻薄得近乎透明，淡蓝色的，恍若夏天。就像日本文艺片里少女与少年会走过的街角，风铃发出声响，少女蓝色的制服短裙在风中轻轻曳着，脸上笑容干净灿烂，清澈的眸子映着蓝天。

－温柔－

大海

镰仓的大海，用一个词来形容，就是，温柔。

镰仓的海水是淡蓝色的，很轻、很恬静、很柔和。也许是因为颜色浅吧，镰仓的海看上去似乎少了一些深邃和宏大，多了一些温柔和平淡。如果说，其他的海是澎湃的交响乐章，那镰仓的海像是一首钢琴曲。波浪是柔软的，浪潮的声音也淡淡的，层层叠叠地轻抚沙滩。沙滩细腻，轻柔，与海一样浅浅的颜色。海水温柔，沙也温柔，天空与海同是温柔的淡蓝，连海风也带了一丝温柔的淡盐味。看着镰仓的海，心渐渐地平息了，眼中一片清澈，在一波一波的海潮中，仿佛成了最单纯的自己。

不禁想到《海街日记》。四姐妹在镰仓的那个世界中，她们在海边漫步，风吹过，女孩们的发丝摇曳，四人走着，整个世界浸泡在一种似薄荷汽水一般的淡蓝色中，欢笑，宣泄，或只是静静地向前走去。那一片海，就是此时眼前的这一片海啊，浪花席卷，好像在歌唱着生活。

一切依然平淡，一切依然温柔。

－ 色彩 －
夕阳

世上最温柔的，应该是镰仓的落日了吧。

傍晚，四点半的时候，太阳已经微醺，准备沉入那一片海水休憩一晚。海水是淡蓝色的，太阳是金红色的，将自己的倩影在海面上留下一抹金色的波光。水波柔软，轻轻地抚摸过，那一道金色的波光随着浪花的音乐轻轻摇摆，渐渐晕染，把一片一片的海面染成金色。天空中，太阳周围是橙红色的，那橙红鲜艳而热烈，漫延到海平面，漫延到云，漫延到海浪，漫延到整个天空的温柔。到这一片橙红的边缘，是清冷而和煦的淡青色，几乎发白，宛如水彩画。而这淡青色之外，是蓝，是专属于镰仓的令人微笑着忧伤的蓝，这蓝拥抱着整片天空，拥抱着薄如蝉翼的粉色的云。

几分钟后，太阳已经沉到了海面上。金色的辉煌不再，太阳变成了朱红色，成熟而醇厚，像是一个仍有魅力的老人，深知韶华已经远去，但仍含着恬淡的笑，挥手与这世界告别。转瞬间，太阳逝去，隐匿在了海面之下。只剩下那一片醉人的红色，融化在了海水中，在天空上一点一点褪色，一切归于平静，清冷的夜携着月与夕阳最后的余晖吻别。

看着夕阳，感觉心中被这种美深深地打动，最浪漫的事，莫过于和爱的人一起在镰仓的海边看一次夕阳吧。

亲爱的，来吧。

结语·今年冬日的纯净与温柔

以上，便是在这次日本之行中一些令我们感动的地方与事物，琐碎无奇，却也不失美好。

从小便会对感受或者氛围有着一种独特的敏感，每次初到一个地方，总是会关注那里的一草一木所形成的一种氛围，或是街道与房屋所透露着的一种情感，又尝试将这些感受汇集起来，以此总结一个地方的独特风格。

每一个城市与国家都有着自己特有的一种表达，天气、地理、建筑、文化，这一切的一切组合起来，便会在每一个旅者心中留下一份印象，而这种印象中也会带有一种特别的气质或情感，一般难以言表，也无法非黑即白地评价它的好与坏。这份表达，便是我在每次旅行中，总是在试图寻觅的一部分，日本这一程也是如此。

日本给我留下了一种十分强烈且独特的印象，令我感动，却同时又十分难以形容。如果一定要用文字来表达的话，那大概就是：

浅色系，蓝色调，低饱和度；整明而清新，纯净而平和；古老而不乏现代感；淡然而不失烟火气；玲珑，灵动，别出心裁；不轰轰烈烈，却充满了小而温暖的幸福。

于是我便将这一份印象，和这一路上所收集的种种掠影与气味集合了起来，装入了旅行记忆的漂流瓶，在脑海之中泛起涟漪，写下诗句。年月之后再忆起，便能重新感受到这一份奇妙的情感，仿佛又会回到这个冬日里的这一片纯净与温柔。

谢谢你愿意读。

冬安。

（2020 年）

子许

辑三
成长的道路上

露珠平凡而甘甜，因为它有甜美的心灵。我要学习它，也有好的心灵与品行。

我发现露珠的美丽

◎朱子沣

有一天早晨，爸爸把我叫起来，说要给我看一个新奇的东西。

我走到一大盆绿萝边，发现有许多叶子上都挂着露珠，爸爸说他并没有给绿萝浇水，可为什么上面会有露珠呢？

我仔细观察着这些叶子。有些叶子既结实，颜色又深；有些叶子嫩绿嫩绿的，看起来像一个个幼小的娃娃。阳光照在叶子上，闪闪发光。露珠像一个个水精灵，在叶尖上跳着芭蕾舞。我摸了摸叶子，它是那么光滑，那么湿润。我静静地看着，思考着……这是为什么呢？爸爸说，这可能是早晨的露珠，早晨的雾气创造了它。也可能，它是从绿萝里来的，是植物的汁液。总之，它是一滴天然、纯净的水。

我想尝一尝，于是找了一滴。我轻轻地把这颗"珍珠"放在舌尖上，感觉到它正在味蕾上跳跃。它是那么甘甜，那么可口，好像一滴山泉。

我找了一颗晶莹的水珠，想让妈妈尝尝。可是过了一会儿，那滴水珠消失了。也许被太阳晒干了，或者不声不响地滴在了地上。

露珠是那么美丽、清凉，滋润着花草，给它们带来了勃勃生机。

露珠平凡而甘甜，因为它有甜美的心灵。我要学习它，也有好的心灵与品行。

（2015 年）

我发现小花的秘密

◎朱子沛

我在美丽的公园里快乐地玩耍。不知不觉间，我跑到了一块石子地上，石子地旁有几朵小花。小花黄灿灿的，花瓣是那么娇嫩。多么可爱呀，我真想摘一朵。我折了一下它的茎，但是，又想了想，让它为石子地添一丝色彩更好。于是我走了。

傍晚，我发现小花垂下了头，合拢了娇嫩的花瓣，像熟睡的小孩子。它的茎弯曲着，叶子垂了下来。是不是我把它折坏了？不，因为其他花也像它那样垂下头。原来，这朵小花是蒲公英花。每到夜晚，蒲公英花都会合拢花瓣，像枯死了一般。其实，它们没有枯死，第二天，它们还会绽开灿烂的笑脸。蒲公英花也会像人一样"睡觉"来积蓄能量。

大自然有这么多秘密呀！大自然像一个学堂，从小花中也能学知识呢。只要仔细观察，我相信我会发现更多秘密，收获更多知识。

（2015 年）

我收获了果实

◎朱子沣

一天，天空碧澄澄的，春风拂面，我和妈妈一起去采草莓。

我们来到了草莓园，那里有一大片绿油油的地。我们拿着一个盒子，准备开始采摘。

我们在地里走着，仔细地搜寻那红彤彤的果子。走两步，就蹲下来，扒开嫩生生的叶子，希望能找到一颗草莓。不久，我们就发现了一些草莓。

这些草莓太可爱了。看，一个个像红宝石一样，水灵灵的，带着嫩绿的叶子，像穿着红衣的小孩子。快看，那个草莓又大又漂亮，像一个戴绿冠、穿红袍的女皇。呀，那个草莓最可爱，多像俊俏的小公主啊！哈哈，这几个草莓奇形怪状，不像友好的小怪物吗？

我们高兴极了，伸出双手开始劳动。我先用手扒开叶子，把草莓抓住，轻轻地摘下来，放进盒子里。然后，走到另一棵草莓秧前面，摘下一个个草莓。我们像小蜜蜂一样在草莓地里劳动，还时不时留心有没有踩到秧苗，或摘了生草莓。采了一盒后，我们虽然有些累了，但是因为我们付出了而且收获了，所以我们脸上洋溢着欢喜的笑容。

草莓真美味，果肉又软又甜，果汁也很可口。咬破一点点，那果汁就流进嘴里，酸甜可口。再加上是我们亲手摘的，更显得格外好吃。

我们十分快乐，因为我们不仅收获了果实，还收获了一个道理：有付出，才有收获。

（2015 年）

我收获了鸡蛋

◎朱子沛

我们有个小农场，那里种着菜和水果，养着可爱的鸡。为了能吃到新鲜的蔬菜和鸡蛋，我们经常去农场摘菜、拾鸡蛋。

十一期间，我又去了美丽的农场。

那里真美呀，天空像一块蓝丝绸，云朵像绣在蓝丝绸上的大花。远处有一座座碧绿的小山，近处有许多花草树木，到处都绿油油的。太阳洒下灿烂的光，照着暖洋洋的土地。周围有几座平房，小而结实。

我提着篮子，快乐地去拾鸡蛋。鸡虽然小，但它不容易被赶走。怎么办呢？我想了个办法，小心翼翼地盛了一勺食物，把鸡引走，然后飞快地把蛋拾起来。啊，鸡蛋圆圆的，是米白色的，十分光滑，还热乎乎的。我把它放入篮子，轻轻地跑去拾别的蛋，心想这可真有趣。

鸡有时也很吓人，当我想拾走一只鸡的蛋，试着把它引走，谁知它大叫一声，箭一般冲出窝，吓了我一跳。不过我没害怕，把鸡蛋欢喜地放进篮子。

很快，一个又一个，我拾了不少鸡蛋。我看见妈妈脸上洋溢着甜蜜的笑容，看着蓝汪汪的天空，心情愉快极了。我收获了一枚枚鸡蛋，也收获了快乐。

我吃着自己拾来的鸡蛋，觉得格外鲜嫩、美味，因为这是我付出了劳动后的成果。

（2015 年）

一次有趣的活动——游植物园

◎朱子沣

10月23日，我们去植物园秋游。

天空蓝汪汪的，秋高气爽。太阳像一只天真的眼睛，好奇地看着我们，将我们送到植物园。

我们走进了植物园，那里四周都有绿树，空气格外清新。满地都是鲜花，显得十分娇艳。喜鹊在林间散步，蜜蜂在花丛中忙碌，到处洋溢着生机。

我们先去了月季园，月季绽放着，好像在欢迎我们。月季花有的像梅子，水灵灵的；有的像我们的红领巾，自豪地挺立在微风中；有的像美人的脸，可爱而娇嫩；有的像一朵雪做的花，朴素又淡雅……

月季的浓香扑鼻而来，虽然浓郁，但非常平和。我被大自然的气息深深陶醉了。我和同学们在小径上散步，欣赏着美丽的风光，聊着天，还不时听到鸟鸣，惬意极了！

从月季园出来，我们去了纪念品店。那里有许多有趣的东西，晶莹如玉的石头，各种各样的玩具，还有许多新奇的小玩意。我买了三张蝴蝶标本，其中有我最喜欢的蓝色闪蝶，标本旁还有火红的枫叶，漂亮极了！纪念品店里还有许多其他新鲜有趣的东西，我们流连忘返。

美好的时光过得真快，我们该回学校了。一路上，我还沉浸在那美景与欢乐中呢，这真是一次有趣的活动！

（2015 年）

一次有趣的活动

◎朱子沛

在一个阳光灿烂的星期五，学校组织我们参加了一次有趣的活动——去植物园秋游。

刚到植物园，大家就迫不及待地要分组去游玩，我也不例外。其他几个同学和我组成一组，我们决定先去月季园。月季园真是美丽呀，各种各样的月季花都绽开了灿烂的笑脸，有红色的、黄色的、粉色的，五彩缤纷，美不胜收！其中，有一朵小小的月季花尤其可爱，它的花瓣水灵灵的，好像含笑的少女。我们走在铺满落叶的小路上，一会儿赏花，一会儿玩耍，不知不觉地就过去了两个小时。

走出了月季园，我们又走上一大片绿油油的草坪，在那里我看到一片彩色的枫叶。我捡起那片叶子，仔细地端详起来。一片小小的叶子竟然能把那么多美丽的颜色融合在一起，大自然真是太奇妙了！

正当我和同学们玩的时候，走来了一个人，他不说话，只是给我们一些小卡片。卡片上写着："我是一个聋哑人，请帮忙买我的东西"。我本想帮助他，但有同学说，带来的钱是用来买水的，不能随便买别的东西。我想了想，就没有买他的东西。

到了中午，我和同学们坐在大草坪上，打开各自带的午餐盒，在明媚的阳光下野餐，这样的午餐真是比其他任何时候都美味香甜！

时间过得真快，转眼就到了回学校的时间。返校路上，我还在回味这美好而愉快的一天。游植物园真是一次有趣的活动！

（2015 年）

在规则面前，我战胜了自己

◎朱子沣

规则是人生的"红绿灯"，需要大家自觉遵守。自觉地尊重、遵守规则是一种好的品行和修养，只有人人都守规则，才能安全、有序、快乐地生活。有一件事，我至今难以忘记，因为在规则面前我战胜了自己。

那是在上二年级时，有一天正在考试，班里静悄悄的，静得连针掉在地上的声音都能听见。我在认真地答题，可是，突然有一道题我不会做。"那道题的答案应该在语文书上，可是考试时是不能看书的，这可怎么办呢？"我朝四周望了望，又想，"老师不在，同学们也不会发现，我就看这一次"。语文书就放在桌子的右上角，这对我的诱惑太大了。

忽然，我想起老师和爸爸妈妈经常教育我要做个诚实的孩子。"如果不能遵守规则做一个诚实的人，考试成绩再好又有什么用？如果我这样做，他们该多伤心呀！明明知道不好，为什么还要那样去做呢？"终于，我放弃了看语文书的念头，继续认真答题。在规则面前，我最终战胜了自己。

　　这是我人生中重要的一课，它使我明白了一个道理："不以规矩，不能成方圆"。在规则面前，我要学会约束自己，不管是否有人监督，都应该自觉遵守。

（2015 年）

在规则面前，我战胜了自己

◎朱子沛

规则是人生的"红绿灯"，在我们的日常生活中，规则无处不在。规则需要大家自觉遵守，就像道路上的车辆要依照红绿灯行驶一样。有一件事我至今难以忘记，因为在规则面前我战胜了自己。

这件事发生在一个星期一上午的语文课，老师在给同学们听写。当老师念到一个词时，我忘记其中的一个字怎么写了。"怎么办呢？如果写不对这个字，我就得不了一百分了"，我着急地想。"要不要看看同学的呢？"我犹豫着，但心里有一个声音对自己说，"不行，不能看别人的，考试的规则是不能作弊"。于是，我继续往下写。

听写完毕，该检查了。我想："要不就看一眼同学的吧，老师和同学不会发现的，而且我只看一次，应该没什么"。但是，另一个声音对我说："怎么能这样呢？要自觉遵守规则，绝对不可以违反！"我知道该怎么做了，我空着那个字，把听写卷交了上去。

放学了，我迈着轻快的步伐走回家。虽然我知道这次听写得不到满分，但是我的心情很轻松。

这件事让我印象深刻，不仅因为在规则面前我战胜了自己，更重要的是我学会了在规则面前约束自己的行为，做一个自觉遵守规则的人。

（2015 年）

奉献

◎朱子沣

伴随着夏日里灿烂的阳光，我们迎来了六一儿童节。今年的儿童节与往年不同，我们参加了学校组织的"玫瑰义卖"活动。通过这次活动，我不仅奉献了自己的爱心，而且感受到了"送人玫瑰，手有余香"的快乐。

那是一个阳光明媚的星期二，天空碧蓝，绿草如茵，操场上满是欢声笑语。叫卖声、吆喝声、讨价还价声此起彼伏，同学们都热情高涨地参与到义卖活动中。我们班的摊位上摆放着各种各样的工艺品，有精致的发夹，有小巧玲珑的珠子制品，还有漂亮的油画。我和几个同学在摊位前值班，当有人来看时，我们就详细介绍同学们亲手制作的物品。很快，我做的工艺品就被别的同学买走了，这时，内心别提有多高兴了，因为我用亲手制作的东西奉献了爱心。

半个小时后，我离开班级摊位去寻找自己喜欢的物品，当我看到一幅书法作品，上面写着"贤仁博雅"几个优美流畅的大字时，感觉非常喜欢，毫不犹豫就买了下来。我通过我的行动，让爱心、快乐再次在操场的上空飘扬。相信所有同学像我一样，无论是买还是卖，都开心极了。

我看着买来的物品，仿佛看到了贫困山区孩子们脸上的笑容，仿佛看到了他们捧着新书认真阅读的情景，仿佛听见他们琅琅的读书声……奉献的快乐弥漫在我的心中！

（2016 年）

玫瑰义卖

◎朱子沛

六一儿童节，是一个快乐的节日。今年儿童节最令我开心的事，是参加学校组织的"玫瑰义卖"活动。

天蓝汪汪的，云朵在天空中漫步，明媚的阳光铺满整个操场，我和同学们兴高采烈地去参加玫瑰义卖，整个操场都洋溢着欢笑和温暖。

走到我们班的摊位边，仔细地看着琳琅满目的工艺品。我喜欢上了一只玩具小鸭，它是用珠子串成，小巧玲珑，十分可爱。我指着它问，"这个要几元？""五元。"卖的同学说。虽然有点贵，但我想到能借助买下它来奉献我的爱心，想到了山区小朋友捧着我们捐的书时的笑容，于是就买了玩具小鸭。

过了一会儿，我走到了高年级的摊位边，那里的工艺品更加丰富多彩。我发现了一个小地球仪，虽然个头不大，但上面的字很清楚，可以通过它认识更多的国家，了解更多的地理知识，非常实用，很快就决定把它买了。

　　玫瑰义卖结束了，我在收获了一书包沉甸甸物品的同时，心中收获了无比的快乐，也把我的爱心传递给了他人。

　　快乐来自爱心的奉献！

（2016 年）

难忘的一句话

◎朱子沣

在我们成长的每一天中，父母都会对我们说许多话。有赞美的话、惊奇的话、快乐的话、难过的话……有许多话会被渐渐地淡忘，但是有一句话，我至今难以忘记，因为那句话蕴含着成功的道理。

在一个宁静的夜晚，我正在家里背诵，那是一篇很难的文章，怎么也背不下来。这可怎么办呢？我焦急地想着，手里紧紧地捏着书本，在书房里徘徊。5分钟过去了，10分钟过去了……还是背不下来，我越来越急躁，根本无法集中精神。我烦恼地对妈妈倾诉道："妈妈，这太难了，我不想背了。"

妈妈慈祥地看着我，脸上浮现着一丝微笑。她亲切地说："静下心来，就能做好每一件事。"我望着母亲，她那柔和的目光里充满了对我的信任与希望。

我点点头，深深地吸了一口气，静下心来继续背诵。很快，我就将这篇文章倒背如流了。

　　"静下心来，就能做好每一件事。"这么朴素的语言，也蕴含着做人的道理。是呀，当我们的心灵之湖风平浪静时，我们的希望之舟就可以顺利地到达成功的彼岸。

（2016 年）

难忘的一句话

◎朱子沛

　　从小到大，我听过无数句话。有很多话我早就不记得了，但是有几句难忘的话经常回响在我的耳边。其中一句最难忘的话就是我敬爱的班主任——郭老师说的。

　　上学期，临近期末考试的时候，我总是很急躁，很紧张。在考试的前几天，我的心更是不能平静。我在写作业时总是想：考试难吗？我能取得好成绩吗？……我尝试不去想这些，让自己轻松应对考试，可是没有成功。啊，我多想让自己冷静下来，好让自己得高分呀！

　　那天的语文课上，我十分浮躁。一会儿翻书，一会儿捏橡皮。老师见了，表情变得严肃起来，缓缓地说："快期末了，有些同学很浮躁，这很正常。可更多的同学，仍然很踏实地学习，他们是我们的好榜样。"

　　听了老师的话，我被触动了，我看见周围的同学都坐得很端正。于是我平静下来，认真听讲，抓紧复习。老师的这句话像一盏灯一样照亮了我前进的路；又像指南针一样，为我指明了努力的方向。

直到今天，老师的这句话还在我耳边回响。当我不能静心学习时，就会想起它，仿佛就有了无穷的动力。这真是一句难忘的话！

（2016 年）

在成长的道路上

◎朱子沣

在成长的道路上，发生了许许多多的事。有的令我快乐，有的令我悲伤，有的令我自豪，有的令我幸福……有一件事，它像一条在我脑海里畅游的小鱼，使我难以忘怀。

在上二年级的时候，我跟随妈妈去了瑞士，并在当地的国际学校上学。初到一个陌生的环境，加上语言不通，我几乎无法与老师和同学们交流，也很难融入集体。那段时间，我既没有朋友，也不知道学校的规则，好像跟世界隔着一层薄纱，虽然看得见，但却看不清。

于是，我开始努力地学习语言，尝试跟同学们交流。上课时，我试着理解老师说的话，认真地学习、发言。下课时，我尽量和同学们在一起交谈、玩耍。

在一节体育课上，我们要做一个游戏。游戏开始了，可我没有听明白，于是我求助于旁边的一个同学："这个游戏怎么做？"她立刻为我详细地讲解游戏规则，一边说还一边比画，终于帮我搞明白了。我加入到和同学们的游戏中，开心地玩耍起来。这个同学，有着像波浪般起伏的金色长发，湛蓝湖水般的明亮眼睛，以及一颗乐于助人的心。她，也就成了我在瑞士的第一个好朋友。

时间飞快但悄无声息地流逝着。经过自己的努力和同学们的帮助，我渐渐地融入了这个新的集体，感觉自己就像一块落入清泉的冰，慢慢地融化了，我开心极了！

在成长的道路上，这段经历给我留下了深刻的印象，它不仅锻炼了我适应新环境的能力，也使我明白人与人之间的友谊可以帮助彼此消除隔阂、心灵相通。

（2016 年）

在成长的道路上

◎朱子沛

在成长的道路上发生了许多事，有高兴的事，有伤心的事，有生气的事。但有一件事令我至今难以忘怀，那就是我第一次放风筝的经历。

那一天，风和日丽，天上布满洁白的云朵，刮着凉爽的风。我兴致勃勃地拖着风筝往外走，边走边想，以前看过别人放风筝，似乎很简单，我应该也能把它放起来。风来了，我拽着风筝线飞奔起来，希望风筝能够顺利升空，可它飘了飘就落在地上。我没有泄气，继续尝试，这次我跑得比上次更快，线放得更长，可没跑多远风筝就挂到了小树上。我有些不耐烦，但还是决定再试一次，没想到这次跑得太急把线扯断了，风筝掉到了自行车棚底下。我不想再放了，愁眉苦脸地对妈妈说："妈妈，放风筝太难了！"

妈妈笑眯眯地看着我，说："不是放风筝难，是你不会放，这是有技巧的。来，我教你，多试几次，掌握了方法就行了。"

于是，妈妈拿着线跑了起来，一边跑，一边娴熟地收放线，并告诉我跑动的速度如何与收放线配合，风筝很快就飞起来了。我按照妈妈教我的方法开始了尝试，在开始跑的时候，将风筝线放长一些，感觉风筝飞起来的时候，轻轻地往怀里收收线，风筝就会再升高一些，这时，再把线放长。几次收放以后，风筝终于像鸟儿一样飞上了蓝天，那一刻，我开心极了！身旁的妈妈也露出了赞许的微笑。

　　放风筝这件事使我明白，无论做什么，都要不断尝试，不懈努力，只有掌握了正确的方法，才能让梦想的风筝飞上天空。

（2016 年）

特别的礼物

◎朱子沛

　　我有一个特别的礼物，每当我走近它，都能闻到淡淡的清香。它是一盆娇嫩柔美的白晶菊，有着结实挺拔的茎、鲜绿水灵的叶子和带着嫩黄花蕊的白色花朵。

　　这个礼物是十岁生日时母亲送给我的，当时它还只是几粒又扁又小的棕色种子。生日那天，母亲交给我一个小袋子，笑着对我说，"这是你一直想要的白晶菊花的种子，把它种下去，用心呵护，就会开出美丽的花朵。"我仔细端详着那几粒种子，它们只有芝麻粒那么大，长得跟孜然很像，颜色和树皮差不多。

　　母亲脸上洋溢着春风般温暖的笑容，搂住我说，"你知道吗？别看白晶菊的种子这么不起眼，如果有合适的土壤、阳光和水，有朝一日它一定会灿烂地绽放。妈妈希望你能像它一样快乐地成长，积极乐观地去实现你的目标。"母亲的声音柔和而坚定。

我点点头，接过花种，迫不及待地把它种在小花盆里。在那以后的日子里，我每天都仔细地照料它，看着它破土而出，努力地向上伸展，一天天地长高长大。"功夫不负有心人"，白晶菊绽开了娇嫩的花朵。这个过程让我体会到了母亲的用意，她是希望我像白晶菊一样积极向上，健康成长，美丽绽放。

现在，每当我遇到困难或不开心时，我都会去看看白晶菊，仿佛听到花儿对我说："不要气馁，像我一样积极努力、快乐成长吧，终有一天你会实现梦想，这也是母亲对你的期望啊！"

（2017 年）

"四颗心"的礼物

◎朱子沣

在洒满阳光的窗台上，有一盆小小的幸运草。我总喜欢坐在窗前，凝视着它娇嫩的身姿，静静地遐想。

这盆幸运草是母亲送给我的十岁生日礼物。生日那天早晨，我十分兴奋，想方设法地猜测着母亲会送我什么样的礼物。正在我思量的时候，母亲端着一个精美的小盆栽走了进来。"孩子，看，你期待已久的幸运草！生日快乐！"母亲笑着对我说，柔和的目光中漾着满满的爱意。我欢喜极了，谢谢母亲送给我的惊喜。

我接过幸运草，细细地端详，它的叶片嫩绿嫩绿的，饱含着带有泥土芬芳的草浆；它的腰肢纤细柔软，在清风吹拂下显得很娇弱；它有四片心形的叶片，心尖相连，好似一朵"心"花怒放。紧接着，父亲、爷爷奶奶、姥姥姥爷也都送给我精美的生日礼物和祝福。此时此刻，家里处处洋溢着快乐和温馨，正如这盆幸运草，我们全家人的心紧密相连。

母亲看着我，语重心长地说："孩子，这份礼物代表了妈妈对你的期望。你看，幸运草有四个心形叶片，分别表示爱心、信心、决心和恒心。"我点点头，明白了母亲的用意。爱心能使我友善地对待他人；信心能使我勇敢地面对困难；决心能使我果断地向目标前进；恒心能使我坚持不懈地努力……

我望着幸运草，望着它充满希望的"心"花，我要带着它的"四颗心"去实现我的梦想！

（2017 年）

折翅的小天使

◎朱子沣

在我的童年生活中，犯过不少错误，大部分错误随着记忆的潮水退去，但有一件事至今仍深深地印在我的脑海里。

一个清凉如水的夏夜，我和父母在布拉格街头散步。在一个工艺品店里，我发现了一个漂亮的水晶小天使。她张着白色的翅膀，握着晶莹的魔法棒，粉嘟嘟的笑脸，可爱极了！我忍不住轻轻地捧起她，仔细端详。

突然，我不小心手一滑，小天使摔到了地上，一只翅膀折断了。我立刻慌了神，愣在原地，不知如何是好。我忐忑不安，心砰砰直跳，仿佛能感到店员愤怒的目光盯着我，恨不得找个地洞钻进去。"我不是故意的，不是我的错"，我小声地争辩着，"怪这个小天使太滑了，不是我要摔的"。说着说着，有一股莫名的委屈从我心里冒了上来，我开始呜呜地哭。

这时，父亲走过来，牵着我的手走到一边，语重心长地对我说："孩子，爸爸知道你不是故意的，我们都没有怪你，对不对？但是，你不承认错误，可就真的不对了。一定要记住，犯错误不可怕，不承认错误才可怕呢！勇敢地承认错误，爸爸妈妈会原谅你的。"父亲的声音温柔而严厉。我听了父亲的一席话，认识到了自己的错误，后悔不已地向店员道歉。

爸爸妈妈把折翅的水晶小天使买回了家，并用强力胶把她的翅膀粘好。每当我看到这个小天使时，都会想起这件事，她时刻提醒我要勇于承认自己犯的错误。

勇敢地承认错误，会使心灵之泉变得更清澈。

（2017 年）

难忘的一碗汤

◎朱子沛

那是一年前一个轻松的上午，窗外蓝天上飘着薄薄的云，鸟儿在枝头窃窃私语，我在厨房里煮汤。

伴随着一股浓香，热气腾腾的汤出锅了。汤是盛在一个小小的不锈钢碗中，透过汤的蒸汽可以看见浮在表面的蛋花，像小鱼儿欢快地游着。热乎乎的汤让小碗变得很烫，我便用毛巾裹着，小心翼翼地捏着边，像捧着一艘摇晃的小船，慢慢往厨房外走去。

这时，意想不到的事情发生了，碗突然从我手中滑落，蛋花和汤洒了一地，我不知所措地靠在墙上，呆看着地上的一塌糊涂，大脑一片空白。我想起拿拖布来擦，又怕擦不干净；我想去叫别人帮忙，又怕踩到满地的汤水，正在我进退两难的时候，妈妈来了。

"呀！地上怎么全是汤，你把碗打翻了？"妈妈问道。"汤很烫，我小心地端着它，可在我走出去的时候，一晃就翻了，真是好奇怪。"我小声回答。此时此刻，我的心里忐忑不安，地被弄得这么乱，妈妈肯定要收拾很久，她会不会生气，会不会批评我呀？

妈妈仿佛看穿了我的心思，温柔地拉着我的手，语重心长地对我说："这不奇怪，错误的关键是因为是你端汤的方法不对，只轻轻地捏着碗边，肯定抓不牢，稍微晃动就很容易洒了。如果你放在一个盘子里端着，就不容易洒，也就不怕烫着了。孩子啊，正确的做事方法是非常重要的！"

我看着妈妈，点点头，明白了用正确方法做事情的重要性，虽然这只是一件小小的事情，但方法不对就出了问题。吃一堑，长一智，我要从这碗打翻的汤中吸取教训，学会运用正确的方法去做事情。

一年过去了，我还依然记得这难忘的一碗汤。

（2017 年）

信任

◎朱子沣

信任，是人与人交往时必不可少的东西，信任他人，并被他人信任，是一件非常美好的事情！

在那次义卖会上，我在各个摊位之间穿梭。忽然，我看到了一个生意异常红火的摊位，便好奇地凑过去想看个究竟。

我看到了一个可爱的小饰品，很是喜欢，捧着仔细端详，爱不释手。我问收钱的同学："这个几元钱？""两块。"他匆匆地扫了一眼，说道："把钱放到盒子里就行了。"

我心中冒出了一个疑问，问道："你们这里人这么多，难道你不怕有人偷偷拿走东西不交钱吗？"

他抬起头看着我，坚定地说："不，我一点也不担心！我们义卖的目的就是为了建立图书馆而捐款，我知道同学们都会奉献自己的爱心，怎么会不给钱呢？我相信你，我相信每一位同学。"

他低下了头去忙活，继续说道："而且，信任是人与人之间友谊的桥梁，是很重要的品质，我们应该多信任他人，世界才会更加美好呀！"说完，他又仰起了头看了看我，脸上再次露出了浅浅的微笑。

我也笑了，将钱投进盒子里，开心地走了。他说得对，信任很重要，很可贵，是人与人之间最好的礼物。我们应该学着去信任他人，同时让自己成为值得信任的人。

我走在路上，感到快乐而充实，因为我学到了重要的人生品质——信任。

（2017 年）

雨中的信任

◎朱子沛

有人说，信任是一种美德，在人与人之间传递，信任他人和被他人信任是同样的美好。在一个清凉的中午，我体会到了被信任的美好。

当时外面下着小雨，我提着垃圾袋去楼外扔垃圾，走到楼门口，看见外面飘舞的雨丝，我才发现没带伞。恰好，一个同学拿着伞经过，看到站在门口不知所措的我，问道："你需要伞吗？"她说，"我可以借给你用。"说着，她轻轻地把伞递给我。"可是怎么还给你呀？"我犹豫着。"没事，用完放在阅览室门口就行了，我去取。"她的回答很干脆。我开心地接过雨伞，连声说："好的，谢谢，谢谢！"

在回教室的路上，我禁不住想，她都不认识我，怎么可以这样放心，难道不怕我把她的伞据为己有吗？这时，我想起了学过的课文《信任》，我就像课文中摘桃子的人们受到桃园主人的信任一样，我也得到了这位同学的信任。

　　我把伞放回到阅览室门口，心中充满感动。一个素不相识的同学，竟然如此相信我。一把普通的雨伞，蕴含着信任，当这种信任在她和我之间传递时，让我感受到了无比的愉悦。

　　雨仍在窗外悄悄地下着，我静静地坐在班里。信任在我看来，像一缕阳光，那样的温暖，那样的美好，令人快乐。

　　信任，真的是一种美德！

（2017 年）

平等

◎朱子沣

在我身边，坐着她。她很温柔，很友好，从来都是笑着面对同学们。可是因为她有些胖，学习成绩也不太优秀，所以同学们都排挤她、嘲笑她、蔑视她。由于她总是给她的小组扣分，和她同组的同学无不抱怨，所以每次自由组合的时候，她总是孤零零的，独自一组。

渐渐地，同学们开始不公平地对待她了。一次听广播的时候，一个同学问纪律干部能否去洗手间，纪律干部欣然同意，她也想去，可纪律干部却皱着眉说，"怎么不早点去呀？都快上课了，别去了，快回座位。"她也不争辩，乖乖地向座位走去。

回答问题时，只要她的答案和他人不一样，同学们就会议论纷纷，"根本就不对"，"行啦，别瞎说了"，"一看就没做题"，阵阵否认声在教室里响起；当她的答案正确时，同学们又开始说，"哼，知道这么点东西，就在那里显摆"。

　　我从未加入嘲笑者的行列，我觉得我们真的不该这样做。也许有人会说，她并没有介意呀，不，她只是没有指责你，可是你深深地伤害了她，也许你觉得这样做没什么？可是你会使她内向、自卑、感觉格格不入，这会直接影响到她的交往与学习。

　　我希望，大家能尊重她，帮助她，善待她。我们应该和谐平等地相处，没有排挤，没有歧视，团结友爱，积极向上，像一片向日葵，向着光芒四射的太阳。

　　同学们，你们不喜欢和谐吗？你们认为嘲笑理所应当吗？你们怎么还不觉醒呢？

（2017 年）

真正的爱心

◎朱子沣

伴着五月的玫瑰花香，我们迎来了一年一度的艺术节和义卖，她有一个美丽的名字："葵园艺韵，炫彩童年"。

精彩的艺术节演出开始了。悠扬的民乐，活泼的舞蹈，古雅的京剧……我感觉自己好像一个音符，跳跃在艺术的乐章之中。

忽然，我听见操场上有一点小小的骚动。我抬头一看，原来有些同学已经提前离场去参加义卖了！吆喝声、讲价声和喊叫声汇在一起，在蜂拥的人群中起伏，影响了许多坐在他们旁边的同学。

我淡淡地一笑，这些同学可真够热情的。但是，这样做真的正确吗？我不禁思索起来。

同学们很兴奋，很热情，十分急切地想奉献自己的爱心。可是，你们是否考虑过那些在台上努力表演同学的感受？"台上一分钟，台下十年功。"没有他们平时辛勤的付出，就没有他们今天的成果。可你们却对他们的展示视而不见，还影响到了其他认真欣赏的同学，这是你们对演出的同学以及对艺术的不尊重！

我觉得，为了使自己开心而不顾及他人的感受，是非常不正确的。如果义卖不再是奉献爱心，而只是一种刻板的形式；一个让同学们吵闹不遵守纪律的机会；一场干扰他人、不尊重他人的活动，那这一场活动又有什么意义？

同学们，应该懂得尊重他人、尊重艺术，才是真正的爱心。

（2017 年）

辑四

寻觅清欢

每个人都是一朵花。每朵花，一样，也不一样。很独特，也很相像。很美丽，也很忧伤。

那浪漫的中秋

◎朱子沣

月亮是团圆的象征，中秋是团聚的节日。今年中秋是我过得最快乐、最浪漫、最有创意的一次。我真切地体验到了：月亮，原来能这样赏；中秋，原来能这样过。

我在作文课上听吴老师说中秋时可以祭月、赏月、放河灯……我在座位上畅想，这是多么美的中秋节呀，为什么我们不能过一个有意思的中秋呢？我一定要和那一轮明月共度浪漫的中秋夜。

在妈妈的帮助下，我小小的梦想成真了。中秋夜，一个闪烁的烛台，一个鲜润的桃子，一盘甜津津的葡萄和一碗清水被摆在了小桌子上，我们小心地点亮了花形蜡烛，拉开窗帘，把月亮"请"进了屋子。

我们站在窗前，朗诵着有关月的诗，苏轼的《水调歌头》，张九龄的《望月怀远》，还有杜甫的《月夜》……一首首古雅而有韵味的诗充满了这温馨的空气，把浓浓的中国文化带到了月下。有了诗词，也要有古曲。我们欣赏了《二泉映月》和《春江花月夜》等几首悠扬婉转的古曲。这种意境恬静美好，让我们身上的每一个细胞都在旋律中沉醉地起舞……

我捧起那碗清水，举向了圆圆的月，柔和的月光洒进了清水里。清水里的月上是一团淡淡的光，我和家人喝了这碗清水，轻抿一口，啊，沁人且甘甜凉爽。这是浪漫的味道，美好的味道，更是团圆幸福的味道！

再细细地赏月，月亮轻微羞涩地挂在天幕上，露出皎洁的月盘。她那清幽的月光缓缓地淌进了我们的屋子。哦，那月盘是嫦娥白皙如玉的面孔吧？那月光是玉兔晶莹的眼睛吧？一切都幽静如梦。

转眼间，到了深夜，我轻轻地吹熄蜡烛，默默地祝愿，希望远方的亲人也能度过一个幸福的中秋夜。中秋，是月，是团圆。我不禁吟诵起苏轼的《水调歌头》：但愿人长久，千里共婵娟……

（2016 年）

中秋赏月

◎朱子沛

中秋节的晚上，一轮明月挂在天空，月亮旁边有几颗闪烁的星星，中秋节的晚上十分安静，深蓝色的天空，也仿佛被这份安静凝固了。

我和家人在这中秋夜赏月，我们点起银色的烛台，摆上装着点心和桃子的小盘子，准备了有关月亮的古曲和古诗词。最后我端上来一盘清水，我希望月亮能来到水中做客。

我们开始赏月了，播着古曲《春江花月夜》，那古雅的声音在屋子里响起，我开始伴着乐曲读诗词："床前明月光，疑是地上霜……"

我和家人的声音在宁静中显得嘹亮，我感觉月亮伴着古曲和诗词更美。因为这样会有浓浓的文化气息。

我读完诗词，端起这盘月亮做过客的清水，准备和家人一起喝下。妈妈轻轻地喝了一口，递给了爸爸，传到我时，我抿了一口。啊，清凉又甘甜，有点儿"月亮味儿"，月亮是什么味道呢，也许月亮味就是幸福的味道吧。

然后，我和家人站在窗前赏月。月亮像玉盘一样清亮而纯净，没有一丝浑浊，月光清幽皎洁，洒满了整个屋子，给屋子里的一切都披上了一层薄纱。

月亮非常圆，好像在告诉人们要团圆。中秋节，多美好的节日，和家人团聚在一起，充满了对未来的希望。中秋节的夜空，都好像露出了一种欢乐神秘的微笑。

我有一个心愿，那就是希望以后每个中秋节都能和家人团圆，一起赏月，一起吟诵"海上生明月，天涯共此时。"

（2016 年）

宋词之韵味

◎朱子沣

当窗外烟雨迷蒙，屋内空气清新时，在滴着水的绿萝边坐下，看一看书，品一品宋词的韵味吧！

"但愿人长久，千里共婵娟。"品一品苏轼的词，体会那份豪爽与豁达。在"人有悲欢离合，月有阴晴圆缺，此事古难全"这句词中品读人生哲理。人生如月，有离别，有团圆，怎么可能一生是圆满的呢？也许是因为苏轼十分明白这个哲理，才如此乐观豁达吧。

"酒酣胸胆尚开张，鬓微霜，又何妨？"这是苏轼著名的豪放诗词，痛饮美酒，心胸开阔了，两鬓斑白了，又能怎样？可见那时苏轼已经不再年轻，但仍然如此豪爽。"持节云中，何日遣冯唐？"他一心想报国，为国建功立业，这句诗充分体现了他爱国的豪情。

"争渡，争渡，惊起一滩鸥鹭。"品一品李清照早期的词，体会那份少女的欢乐。"露浓花瘦，薄汗轻衣透。"那时李清照正荡玩秋千，涔涔香汗湿透了衣裳。红花上晶莹的露珠与美丽的少女，构成一幅和谐的水彩画。

品一品李清照不同时期的词，体会那不同的韵味。"生当作人杰，死亦为鬼雄"是李清照不朽的壮丽诗篇。"常记溪亭日暮，沉醉不知归路"，读这句词时，你仿佛听见活泼欢快的少女之心在怦怦地跳动。"寻寻觅觅，冷冷清清，凄凄惨惨戚戚。"这浓浓的惆怅与凄凉中透着孤独，十分感人。

词是一碗淡雅的茶，沁人心脾。词是一汪醇美的泉，醉人心田。高歌那心胸开阔，低吟那愁意绵绵……

品宋词之韵味，是享受生活。

（2016 年）

诗的感情

◎朱子沛

　　诗，是有魅力的语言，有丰富的感情色彩。在秋风习习，秋雨绵绵的时候，在安静的小屋中，捧起一本诗，品一品诗的感情。

　　"迟日江山丽，春风花草香"，有些诗的感情是愉悦和欢喜，诗人正在愉快地歌唱春天。春天来了，十分秀丽，春风都带着花草香气，处处莺飞燕舞。诗人怎么会不愉悦呢？"却看妻子愁何在，漫卷诗书喜欲狂"，诗人高兴地写了这首诗。自己的家乡被收复了，家人的担忧一扫而空，胡乱卷起书本，马上就要回家乡了，诗人怎会不欢喜？

　　有些诗的感情是思念和惆怅。"举头望明月，低头思故乡"，诗人在宁静的夜晚思念家乡。明亮的月儿高挂在天上，是那么美丽，可诗人却远离故乡，充满思念。"有弟皆分散，无家问死生"，诗人在炮火连天中伤心地感叹。有一个弟弟，可他离开了诗人，甚至连死还是生都不知道，只有诗人独自在月夜想念弟弟。

　　有些诗的感情是惊讶和赞美。"所向无空阔，真堪托死生"，诗人赞美着大宛马。大宛马耳朵像尖尖的小山，瘦得看见了骨头，跑起来比风还轻快，要是能骑着它，想去哪儿就去哪儿，真是值得托付此生。"危楼高百尺，手可摘星辰"，诗人惊讶地看见星星竟离自己那么近。从高高的楼上看天，仿佛手一伸就能摸到天上的星星，多么有趣！

　　诗，时而欢乐，时而悲伤；时而淡雅，时而豪放；时而缠绵，时而简单。诗的感情，绚丽多彩！

（2016 年）

一张大网

◎朱子沣

有一张网,它四通八达,遍布地球的每个角落;有一张网,它将所有的知识放在一起;有一张网,它是未来的大门……那它是什么样子的宝贝呢?其实,它就是互联网。

有人说网络是有利的,它能教给人们许许多多的知识,它能方便人们的生活,它也能放松人们的心情。还有人说网络是有害的,大量的游戏使中小学生沉迷于网络,导致他们身体不再健康,成绩不再优秀。其实,网络是一把双刃剑,如果你好好地利用它,它便能给你带来帮助。

网络非常重要,但我并不是很喜欢网络。当我们需要购买一种物品时,我们总是在网上购物,这样很方便,我并不反对。但是我们也可以怀着愉快的心情走到超市,在琳琅满目的商品中漫步,好奇地东张西望,寻找自己喜爱的商品。我们能在实践中学习如何挑选、如何消费,在交钱时练习口语表达能力,这样做不是很有意义吗?

当我们想和远方的朋友沟通交流时，我们总是在网上发信息、打电话。这样效率很高，我并不反对。但是我们也可以拿一张精致的信笺，在上面写出自己真挚的感情。我们可以练习写作，提高自己的作文水平。虽然有些不方便，但偶尔尝试一两次，不是很有趣吗？

著名作家林清玄说，"如果我们过度沉溺于电脑网络，时代就会走向冷漠、无感、失智、平板。我们将不再抒情、不再浪漫、不再追求心灵的境界与高度。"找些时间，让我们暂时收起这张大网的一角，去体味一下清淡的生活，让我们在艺术与幻想的海洋中尽情地去抒情。

（2016 年）

最奇怪的网

◎朱子沛

蜘蛛网上挂着晶莹的水珠，木船上的渔网里还有一些鱼鳞，蝴蝶网里静静地躺着一只蝴蝶。有一张网，上面没有水，里面有无数知识，那就是互联网。

网络看不见，摸不着，不是用丝线细绳做的，捉的"鱼"是各种的信息。在网络上，可以做许多事，如学习、沟通、阅读，甚至买东西。有不懂的问题，可以在网上找到答案。想对远方的朋友倾吐秘密时，悄悄在网上发个信，朋友就能立刻知道。上网查一查想读的文章、故事，立即就可以开始看。需要 件物品，不知去哪儿买，能在这"装"满商品的"网"上买……

可是我不想事事靠着网络，在我眼中，网络只是电脑和信息织的一张没有感情的大网。我喜欢读纸页泛黄的书本，喜欢桌边小小的电话，喜欢干净的笔，喜欢上学路上有瓜果甜味的果蔬店。我不想让自己因过多的用网络而变得冷漠、僵硬，而想离开电脑，享受自然的美好与魅力。我认为网络并没有那么重要。

自然的魅力无穷，绚丽的云霞，缠绵的细雨，广阔的蓝天，壮丽的日出，这都是网络无法给予我们的。健康的身体，清澈的眼睛，灵巧的双手，都是我们无法从网络上获得的。人们真要因为网络失去情趣吗？

想问，对于人们来说，是网络这奇怪的网重要？还是情绪、诗意、快乐、宁静重要？

（2016 年）

我喜欢白兰花

◎朱子沣

世界上有很多花，牡丹国色天香，雏菊天真灿烂，向日葵热情奔放，迎春花小巧玲珑……其中，我最喜欢白兰花。

春天，万物复苏了，白兰花也含苞待放。它那小巧的花苞绿油油的，像一块卷曲的绿绸缎。渐渐地，洁白的花瓣从花苞里悄无声息地钻了出来，徐徐向外开放，变成了一朵绽放的花。

白兰花的花瓣十分娇嫩、洁白，好像少女用纤纤玉手捧着自己纯洁的心灵。在那水灵又纤细的花瓣里，有一个小巧玲珑的、长满了细腻绒毛的花蕊，那是花的心。白兰花的形状像一双白皙的、合在一起的手。大多数花瓣都轻轻地拢在一起，其余的花瓣就自然地下垂。花朵们在树枝上，以优雅的姿态绽放着。

白兰花不仅美丽，而且清香。每一朵白兰花都有着清雅的芳香，那香气，既浓郁又平和，十分清美，十分清新，令人心旷神怡、流连忘返。

白兰花，象征着纯洁与真挚。它那洁白如雪的花瓣十分高洁、朴素。它散发的芳香是多么的真实。

我喜欢白兰花，是因为它朴素高雅、刚柔并济。它有着纯洁的心灵，始终保持着自己的气质。

（2016 年）

我喜欢雏菊

◎朱子沛

有人喜欢桃花，有人喜欢玉兰花，还有人喜欢荷花。我则喜欢可爱的小雏菊。

雏菊是意大利国花。它一般高 15~20 厘米，花径长 3~5 厘米。它的名字叫雏菊是因为它的样子像未成熟的菊花。雏菊还有四种美好的花语，分别是快乐、暗恋、离别和坚强。坚强，真是名副其实，雏菊不论在什么地方都能生长、开花，是一朵坚强的小花。

雏菊很美丽。它娇小玲珑，洁白如雪。花蕊黄灿灿的，像一个温暖的小太阳。它的花瓣短小笔直，柔软娇嫩，像绽放的小笑脸。春天，雏菊含苞待放；夏天，它不遗余力地开放；秋天，它累了，每天只开一小会儿；冬天，它的花瓣凋零了，它睡着了。雏菊在草坪上跳舞，送给人自然清香。它在微风中笑着，好像在快乐地说："看看我多美！"

雏菊虽然只是野花，可它的药用价值可不小。它富含许多矿物质，锡的含量更是高，是其他菊花的 5 倍。

我喜欢雏菊，因为它娇小可爱，因为它坚强、不娇贵。雏菊并不很名贵，但它有自己的价值。

我喜欢天真烂漫而坚强的雏菊！

（2016 年）

寻觅清欢

◎朱子沣

以前，读过林清玄写的《清欢》一文，心中十分感慨。是呀，现代人几乎没有清欢了。放寒假了，我来到了海南岛，想在这里寻觅向往已久的清欢。

但是，清欢哪有那么容易找到呢？大海边全是垃圾和人群，东坡书院里满是嘈杂的叫喊；盐田旁边也都是小贩的叫卖声……总之，凡是旅游景点都失去了清欢。于是，我决定去人烟稀少的湿地公园试一试。

我们进了公园门，一条林荫小道出现在面前。走在小道上，闻着清新湿润的空气，听着鸟儿的欢鸣，感觉简单而惬意。路边，盛开着一簇簇鲜艳的三角梅。它们个个含着笑，发出对自然深沉的叹息。花丛中，有淡雅的紫红、娇艳的梅红、恬静的淡红，随意而茂盛，仿佛一个个美人在清风中舞蹈。

忽然，一缕阳光照在面前，林荫小道到了尽头。向四周一看，一片柳暗花明！一泓清澈的碧水围在道边，澄净而蔚蓝。好似一面明镜，映着绿树和花朵，又如大自然的画板一般，将一切岸边的景物绘在湖面上。水，那样清澈，好像一只水灵灵的眼眸，融着一块块掉进去的蓝天。倒影，在涟漪中朦胧地荡漾。那意境，如此清新淡雅，比画还高远，比诗还唯美。

不一会儿，到了水边的小亭子里。向外看，岸边长着郁郁葱葱的绿树，地上铺着茵茵的草坪。还有一座红砖房，方形的窗户，白色的门，像童话中梦幻的房子。要是能坐在宁静的房前，一边赏景一边品读一本诗集，该有多美好呀！

忽然，我心中一惊，这不就是清欢吗？

（2017 年）

一本珍贵的书

◎朱子沣

在我的书桌上，放着一本珍贵的书。它有优雅的红书皮，精致的水墨画，古典的排版。它是什么书呢？它就是我最喜欢的《红楼梦》。

《红楼梦》是中国的四大名著之一，它讲述的是发生在贾府的故事。以贾、史、王、薛四大家族的家中琐事和闺中闲情为主要内容，诉说了它们的兴亡盛衰。宝玉入太虚幻境、黛玉葬花、刘姥姥逛大观园……一个个故事令我不忍释卷。

《红楼梦》是一部有趣的小说，它的语言更是十分优美，"偷来梨蕊三分白，借得梅花一缕魂"，各种清雅的诗词时常出现在故事当中。可见作者曹雪芹在创作上花费了多少心血，真是"字字看来皆是血"呀！

《红楼梦》对我产生了一定的影响，它有些神秘，有些深奥，使我爱上了思考。我总是将诗句反反复复地品读，直至品味出些许韵味。比如说作海棠诗那一段，我将几首诗反复读了很多遍，还把最喜欢的一首诗背诵下来。然后，我斟酌词酌句地开始朗读，体会哪个字或词用得比较奇巧。最后，我思考为什么有的诗很受欢迎，它有什么与众不同之处，再将诗与人物的性格联系起来……我不只是光为读故事而读书了，而是细细地品味，试着读出作者的心情以及他想表达的哲理。

说到我最喜欢的片段，那就是"警幻仙子演红楼梦"了！那一回里面满是诗句和谜语，让人遐思。我对金陵十二钗正册、副册和又副册产生了极大的兴趣，我把它们抄在纸上，在旁边做批注、写感悟，还有不少新发现呢！

我喜爱《红楼梦》，它教育了我，影响了我，也深深吸引了我。《红楼梦》真是一本珍贵的书！

（2017 年）

一本珍贵的书

◎朱子沛

书的种类很多，故事书童真有趣，小说跌宕起伏，诗歌清丽奇美。在看过的书中，我很喜欢一本书——《雅舍箐华》。

《雅舍箐华》是梁实秋的散文集，她是我母亲小时候读的书。它的书皮已经泛黄，涩黯的纸面蕴含着古典的美，令我觉得自己穿越了时光。

这本书不光样子雅致，里面一篇篇文字，更是吸引人。作者用简朴像在与读者谈天的话语，将一个人的故事娓娓道来。《雅舍箐华》语言幽默，趣味横生，我觉得十分风趣。它饱含人生哲理和生活态度，有着作者对生活的种种看法。作者在书中的篇篇散文里回忆少时，介绍人物，交谈生活，感叹人世，满带真情实感。

其中，一篇散文令我印象深刻，名为《喝茶》。在我看来，喝茶这种小事写不成好文，因为太琐细，太平凡了。让我惊叹的是，作者竟然把《喝茶》写得如此有趣，巧妙，而且富有哲理。读《雅舍菁华》后，我发现生活的细节也是非常令人深思的。

《雅舍菁华》文笔朴素通俗，丝毫没有华丽的辞藻，但引人入胜。一篇篇散文，把我带入作者的生活，了解他的生活琐事，品味他的细腻情感，倾听他的回忆感触。总之，《雅舍菁华》质朴无华，却装载了无数魅力，告诉我们要真诚、从容、洒脱地做人。

《雅舍菁华》真是一本珍贵的书，它像一朵百合，虽不华贵，但散发着朴素的芬芳与美丽。

（2017 年）

假如我是诗人

◎朱子沣

在宁静的夜晚，我总会坐在窗前，漫无边际地遐想。浪漫的李白，忧国的杜甫，缠绵的柳永，豪放的苏轼……一个个伟大的诗人，是我最崇敬的"偶像"，如果我也是个诗人多好……

假如我是诗人，我要"读万卷书，行万里路"。我既希望可以每天坐在书房里，博览群书，让自己成为有知识的人；我又希望可以去各地旅行，看高山大海，观森林湖泊，使自己变得眼界开阔。

假如我是诗人，我要写出一篇篇动人的诗。我要仰望山峰，高声朗读它的壮阔；我要俯瞰溪水，低声吟诵它的柔和。一刚一柔，一猛一媚。我将在这"眉眼盈盈处"，作下几首写给岁月的诗歌。

假如我是诗人，我要过有情趣的生活。我想在竹林深处品一盅清茶，想在月光下弹一曲古琴。我希望自己的心生活在诗情画意之中，没有世俗红尘、人间烟火。

假如我是诗人，我要从细节中发现美，这应该是一个诗人最大的本领。我在荒郊野外中感到孤寂之美，从一棵青草发现盎然春意。在诗人眼里，再丑陋的事物也有美的一面，诗的世界永远美好。他人的孤独，诗人却觉得是幽兰孤芳自赏、与世无争的美；他人的忧愁，诗人却认为是多愁善感、惆怅迷惘之情。"在一粒沙子中看见宇宙，在一朵野花里看见天堂。""当一个人深深地融入了一粒沙、一朵花、一只百灵鸟，也就进入了生之秘境。"这就是诗人的眼睛。

醒过神来，回到现实中，仍是漆黑的夜。我虽不是诗人，但我希望能像诗人一样，活得快乐，活得美好，活得充满诗情！

（2017 年）

假如我是语文老师

◎朱子沛

我喜欢文学，喜欢诗歌，也喜欢上语文课。出于对语文的喜爱，我有了个小心愿，那就是做一名语文老师。

假如我是语文老师，我想去炊烟袅袅的乡村教学，因为我喜欢乡村的朴实优美。

悠悠的铃声响起，上课了，我想给同学们上一堂有趣的语文课。首先，我想为同学们朗读课文。课文有的是跌宕起伏的短篇小说，有的是凄凉忧愁的散文，有的是古典雅致的诗词。我想用富有感情的声音让同学们品味出文字之美。呆板，没有感情俗气的文章，不会出现在我的书中。

然后，我带领同学们理解和体会作者或诗人的感情，把优美深邃的语句再三品读，把令人不解的诗句反复思考。让同学们完完全全地融入课文，身临其境，和作者一起体味他的悲、喜、愁、乐。

最后，我让同学们走近作者的心灵，倾听他／她的心声。

比如，在学李清照的词《声声慢》时，我让同学们绘声绘色地朗读它，边念边做手势与动作，透彻地品读，品出那"凄凄惨惨戚戚"的清愁。

有时间，我会带同学们走入自然，感受人生之秀丽，让他们享受自然，观察自然。他们触景生情时，可以随心所欲地写发自内心满带真情的小诗，不必"为赋新词强说愁"，也不用写公文一类的文章。我要让他们浪漫潇洒，激情澎湃地挥洒青春的诗情，比春花还灿烂，比夏阳还火热！

假如我是语文老师，我要用文学的魅力告诉同学们，在世俗红尘中，保留一颗清纯的心，叩响心门，体会脱俗、真情、感性与诗意。

（2017 年）

世俗红尘

◎朱子沣

　　无处不播的歌曲，花花绿绿的衬衫，人人皆有的文具，在我的理解中，这些物品就是所谓的流行。流行就是在一小段时间内很受欢迎的东西，我已经对流行习以为常了，但我不理解，更不喜欢。

　　服装是容易流行的东西，比较典型的就是磨的破破烂烂的牛仔裤，我看见过许多人穿着它，膝盖和小腿破了许多洞，他们觉得那样很时尚，很新潮，可我比较喜欢那些平常的，清纯的，像单色的上衣，黑色紧身裤那样简单的衣服。

　　有一段时间，班里特别流行可塑橡皮和青年文摘，大部分同学都在用可塑橡皮，在读青年文摘，可我并不想所谓的合群，我还是用白色软橡皮，读国际大奖小说。

　　最典型的流行就是音乐了，流行音乐软软的，扁扁的，腔调十分奇特，一首很流行的音乐，会在各种超市，餐馆，公园里播放，无所不在，可我比较喜欢古典音乐，高雅的，浪漫的，有着浓厚的艺术气息，我知道，流行音乐很难成为永恒的经典。

我感到困惑，为什么一些东西会很流行呢？它真的会比一些高雅的东西好吗？一样东西，人人都去模仿，还会特别吗？岂不是变得俗气了？

流行，是不是世俗红尘中不可缺失的一部分呢？

（2017 年）

哀伤的眼

◎朱子沣

在那淡蓝的天穹下，我们学校开始了本学期的春游。我们的目的地是"北京呀路古热带植物园"，听起来很有趣，我满怀憧憬。

攀爬网、热带植物园、手工创意……一个个活动令人感到愉快，又让人收获满满。最后，我们决定再去看小动物们。

路边，有一个宽大的笼子，里面栓了许多只小猴子。它们古灵精怪，翘着尾巴，身上浅棕色的皮毛亮亮的。可是，它们的脚却被铁链紧紧地拴着，它们失去了自由。

我不禁感到了几缕同情，紧接着，我看到了它们的眼睛。那双圆溜溜、亮晶晶的眼睛，却充满了哀伤。它无声地诉说了小动物们对自由的向往和渴望，又讲述了它们被囚禁的拘束和痛苦。在那忧愁的眼中，我分明看见了一层清朦的薄泪！

我思索起来。如今的人们，为什么要抓捕大量的动物来做宠物？放进动物园？本该在树枝间欢悦的猴子，却被拴在铁链上；本该在绿叶上歌唱的鹦鹉，却被关在笼子里。人们就这样破坏自然、捕获动物，总有一天，这里将变成一个灰色的世界。

我默默地走着，已对身旁的笼子失去了兴趣。人们何时才能开始保护动物，创造美好和谐的家园呢？

（2017 年）

冬天的小幸福

◎朱子沣　朱子沛

日历上显示出 11 月，冬天的气息已经来到了家中。在凉气绵绵的冬日里，耐心而快乐地寻找属于自己的小温暖，小幸福，伴你度过冬天的时光。

冬夜，在宁静的夜幕下，温馨的小家中，喝一碗温热的米粉汤。软软的米粉段儿，甜甜的小油菜，弹弹的肉丸子，香香的热汤，吃一口喝一口，温暖从嘴中流到心灵最柔软的地方。和家人一起吃喝聊天，跟朋友品尝谈心，还是独自体味，都能感受到冬日送来的爱。

天色已晚。夜幕好像一匹缀满水晶石的绸缎，神秘而迷人。书房，台灯，一本淡雅的诗集，茶香袅袅，月光清朗。静下心来，卸下身上的压力，微笑，冥想，阅读。以这种美好的方式，消磨一晚上的时光，该有多么惬意。

走出书海，接触冬日清凉的风。微垂双眼，深呼吸，能感受到冬日清冷的空气，沁入心脾，慢慢，慢慢地融化开来，化作一抹淡淡的微笑。转眼间，收到了朋友恬静的目光，看到你眼睛里流露出来的微笑，我懂，每日都有朋友相伴，是多么的幸福。

看见那片，白色的迷人。冰洁的雪花，轻轻地滚进袖口，沁凉。静坐在这片无边无际的洁白中，蓬松松的，多么舒适。那一个个晶莹剔透的六边形，落在手心，感觉冬日的自然，在悄悄地亲吻着如水的心灵。

水墨画中流出那淡粉泛白的颜色，是真是假？一株淡雅的梅花。逊雪三分白，可不输那一段若隐若现的清香。冬日的雪霜里，她宛然绽放，比宣纸还文雅的花瓣，却不畏那严酷的冬寒。娇嫩的身躯，凌然的傲骨，冬日的一丝艺术。沉醉在赏梅的陶冶里，不禁笑靥如这朵梅花。

深夜已经悄悄地来临了。静下心来想一想，今天，是否过得幸福呢？不管答案如何，明天，都将充满希望。

（2017 年）

流年

◎朱子沣

　　含苞的花儿，在春风中悄然绽放，又在冬雪初霁时，安然地入眠。年复一年，又到春时，和暖的微风将再次把它唤醒，使它娇艳如故。"年年岁岁花相似，岁岁年年人不同。"人生，在时间的长河里渐渐地流逝。人，也会一天天地长大。人的生命不像花儿，不会总是纯净如初，而是随着时间的脚步，不断地改变，不断地成长。

　　人生就像一个沙漏，里面的细沙自出生起就开始不停地流逝。那从瓶中淌出的一粒粒沙，便是流年。人生又像一根红蜡烛，生命之火自出生起就被点燃。那被火烘烤后滴下来的烛泪，也是流年。

　　让我翻开时间的相册，忆起往日的流年。

　　那年，我三岁。我喜欢读各种各样的图画书，喜欢在无边的大自然中玩耍。世界在我眼中是那么简单，又那么神秘。刚来到世界上不久的我，对一切都充满了好奇心，也充满了深深的恐惧。当时的我，眼眸纯澈如水，映着这个色彩鲜艳的世界。当时的我，像刚钻出土地的嫩芽一般懵懂，生活中还有太多的未知，等待我去探索。

那年，我六岁。我第一次迈进了学校的大门。我一下子就喜欢上了学校，喜欢上了我的同学们。我在陌生的知识海洋探索，通过读书来寻找心中一连串问题的答案。我学会了与他人交往，也喜欢和我的同学们一起学习，一起度过小学第一年的时光。当时的我，热情如火。我与朋友们一起说笑，在书海里无尽地畅游。我深深地热爱着我的生活，热爱着那在我眼中越来越丰富多彩的世界。

那年，我九岁。我开始拥有自己的主见和想法。我爱憎分明，有着自己明确的目标。我争强好胜，渴望成为最优秀、最强势的人。我深深地崇尚感性，总是用感情处理事情，而不会认真地思考与分析。我热爱着诗歌与文学，热爱着艺术与音乐，同时更加热爱生活。当时的我，喜欢幻想。我心中有数不清的梦，藏着我对美好的追求。当时的我，伤春悲秋。我的内心像水一样敏感而柔软，会因为生活中种种小事而莫名的伤感，写下一首首充满惆怅的诗，来诉说自己的忧郁。多愁善感，也许就是年少时青涩懵懂的模样吧。

现在，我已经快十二岁了。回首自己往日的岁月，总会暗笑自己的童稚与天真。我开始明白，这些年来我一直在改变，不断地完善自己。今后的路，还很长。我会继续成长，变得越来越成熟。

人在年幼的时候，以为时间过得很慢，好像自己永远不会长大似的，所以总是盼望着长大。珍惜当下吧，流年匆匆，时间就流水一样过去，人眨眼间就长大了。在不久的将来，我也会长大成人。走出半生，经历风雨，蓦然回首，已"不知多少秋声"。

　　静下心，不要急，不用总是憧憬着未来。蹚过人生的河，走过岁月的路。流年似水，打磨着我们的双脚。在流年中行走多时，我们的脚步自然就更加坚定了，更加平稳了，更加成熟了。

　　"成长的一切，都需要时间……"

（2018 年）

冬天也有太阳

◎朱子沣　朱子沛

亲爱的你：

冬天了，冷风吹去了地上每一片叶子，吹去了每一粒灰尘，世界干净而又明亮。只是，彻骨的寒冷有没有让你的心变成了冰块呢？

亲爱的，我知道，你累了，你烦了，你的心情很沮丧。

成堆的考试向你压来，日历上每一天都有一项要提交的任务，它们像吸血鬼，吸着你的心血，你流着泪水，却不得不努力应对。查完资料要做海报，做了海报要写论文，写了论文还要做图标设计……电脑永远不听你的话：写的东西会被莫名删掉；图标怎么也上不了正确颜色；软件再玩个自动退出。生活仿佛永远跟你对着干：最需要的东西总是忘记带；考试时犹豫良久改了道答案，却发现第一个答案是正确的；想被安慰，朋友却跟你抱怨。

午夜披着没有星辰的漆黑躺在床上，你也一定绝望过吧，也一定想放弃过吧。你会哭，你觉得压力好大，你会想，我拼命地做这些干什么？

亲爱的，别忘了，我们有梦想呢。

你想不想，考上理想的学校？你想不想，学到终身受益的知识和技能？你想不想，成为出类拔萃的那个人？你想不想，为世界作贡献？你想不想，获得最值得、最无悔的人生？

唉，亲爱的，一生一世，真的不长啊。

不过，我知道，梦想太累了，你想快乐，小小的、无牵无挂的快乐。

那么，我就陪着你，在生活中找些小确幸吧。

早上，浑浑噩噩地起床，看看镜子里的自己。好好刷牙洗脸，抹一点带香味的护手霜和脸霜，戴个手链、发饰，打扮打扮自己。早饭一定要吃，多吃水果，多吃谷物，多喝水和牛奶。最好不要早起写作业吧，先对自己好一点，才能有学习的力量啊。

上课的时候，你很累，但不妨想想，我学了这么多，以后一定能用上。

午饭一定要吃，跟同学聊聊天谈谈心，呼吸一下新鲜空气。人也不是机器，不可能不休息，就算机器也要充电呀。在图书馆闷头打字的你，跟我一起吃饭吧，下午上课时趴在桌上累得抬不起头的你，憔悴得让人心痛。

下午上课，不要放弃啊，你学的东西，也许可以使你和别人不一样呢。

放学了，别忘记，作业不是人生的一切啊。你活着，最不能做一个空白的人。去上课外课吧，做些你喜欢的事吧，看会书吧，和朋友散散步吧，跟父母谈谈心吧……

更重要的是，早点睡觉吧。

不是很多人都理解你，我知道，但我理解你啊，哪怕只懂一点点。

冬天，也是有太阳的。

"太阳每天都照常升起，在烂醉的清晨"。

加油，我陪你，亲爱的。

永远真挚的爱你的　我

（2018 年）

城市·人间

◎朱子沣　朱子沛

愿你在经历了苦涩后，依然向往着甜；愿你在走过了险恶后，依然爱着人间。

也许每个带着风雨的暗夜，都有一个哭泣的故事。

独自一人对着月影独酌，是寂寞；在众人觥筹交错之间却好像形单影只，才是孤独。

人看过了越多世态炎凉，就越想简简单单地活着。

不要拼命做自己力所不及的事，反而失了生活，活出自己岂不更值得。

不是不要努力，而是不要在拼尽一切地奔跑之后，发现自己跑错了方向。

深夜有很多故事，但也要休息呀。不早了，愿你注意身体，照顾好自己。陌生人，晚安。

（2019 年）

小学·时光

◎朱子沣　朱子沛

时间滑过绿萝的叶子，流过校园红楼房的钟响。穿着黑西服的女孩，阳光照亮发梢的忧伤。曾经欢笑的蓝色橡皮，消失于幽涩的清凉。一片纸飘到地板上，再见，淡黄色的时光。

哪有遗忘的故事，只有回不去的时光。

这世界没变，变的是我们。

脚下生风，目视前方，其实也想再肆意地大笑一回。

感性而执着的岁月里，觉得一切都是世俗尘埃；理性而随和的如今日，再回首，早已过了愤世嫉俗的时光，只是淡淡地笑着回忆。

有些人看上去好像永远属于现在，但其实有着截然不同的过去的故事，只是将它们放在内心，留给自己。

再见，单人书桌；再见，带粉笔灰的黑板；再见，文件夹里的卷子；再见，课间跑来找我说笑的你；再见，那无忧无虑的年华。

（2019 年）

愿每一朵玫瑰花，都能邂逅她的小王子

◎朱子沣　朱子沛

每个人都是一朵花。

每朵花，一样，也不一样。很独特，也很相像。很美丽，也很忧伤。

你是一朵玫瑰。

作为一朵玫瑰，夺目的美丽便是最典型的标志。你的花瓣是酒红色的，浓醇而迷人的色泽，比红酒更甜美，比红宝石更温柔，比霓虹更鲜艳。轻薄但饱满的花瓣吹弹可破，圆润的水珠滑过，越显灵动。花瓣一片一片地展开拥抱世界的姿态，阳光幻出梦寐般的光影，不经意间流露出醉人心魄的、爵士乐般浓郁的香。

玫瑰的绝美，当然会吸引热爱美的人。但是，有些人是不是太自私了？是不是太自以为是了？是不是太不考虑别人感受了？他们认为玫瑰是娇柔的，认为玫瑰是脆弱，认为玫瑰是不堪一击，可以随意支配的。于是他们采撷了你的花瓣，在手心里摆弄捏揉，你很痛，但没有反抗，因为你的花瓣确实软弱，无力地在他们手中颤抖。

你的茎叶被无情地折损，你的花瓣被撕扯出伤痕。你的啜泣无人听闻，只换来满心的苦，满身的伤。为什么？因为玫瑰太美？因为玫瑰太温柔？因为玫瑰没有反抗的能力？因为玫瑰只懂得隐忍？因为玫瑰生来应该让人们用来娱乐玩耍？因为玫瑰反抗后就不完美了？

其实你哪里有看上去的那么柔弱！你有刺，就藏在花朵下面。刺很尖利，很粗糙，不是妩媚的酒红，而是苍茫的墨绿。刺很危险，很暴躁，不是轻巧的细腻，而是刺破的武器。只要遇到欺侮的手指，你可以直接亮出尖刺，将手指惊吓着离去，从而保护自己的花，娇弱的花。

但是，他们强迫你收回刺。说着玫瑰就该温顺，怎么能抗争？那原本用于保护自己的武器，却也在众人的压迫下藏了起来，无能为力。

"玫瑰嘛。"他们说，"那么嫩，好欺负。"

你垂下头，试图遮住噙在你眼中的泪水。谁都喜欢光滑而无害的、没有任何刺的玫瑰，却又有谁想过，如果强迫带刺的花，将自己的刺收回来，那刺得遍体鳞伤的，是她的心啊。

走过世间冷暖，摔得满身伤痕，你早已戴上了面具，换上了笑靥，学会了沉默，习惯了孤独。你决定做一个深沉的人，对万事波澜不惊，只是一笑了之。人们赞扬你的成熟与稳重，也愈来愈喜欢你带给他人的，深深的安全感。

可又有谁知道，所谓深沉，只不过是你保护自己的外壳。

那深沉与淡然之下，是一颗跳动着的心脏。你的内心感性而倔强，敢爱敢恨，向往着冒险，向往着竞争与挑战。但……那将不是常人所能看到的。

你也曾轰轰烈烈地爱过恨过，也曾将喜怒哀乐清清楚楚地写在脸上。你也曾毫不掩饰自己内心的多情，也曾将自己的真心，完完全全地交给他人。

那终究成了你的软肋，成了他人攻击的弱点。他们好像发现了你的柔软，于是毫不留情地，一刀一刀地刺穿你的真心，不在意，也不珍惜。

你也不再愿意忍受了，这响彻整个心房的痛楚。不如套上一副坚硬的盔甲，将自己封闭起来。这样，就更没有人懂你了，但，至少安全。

"岂容自己任性地感情用事，索性用冰雪反锁了心。"

你的心像一个游戏，那就是《龙与地下城》。越往下走，越难，越往深处，能进入的人越少。而那最深处的地方，早已无人能及，却是，你的核心。

你生性就有着一颗与众不同的灵魂，急切地想寻找自己的同伴，却在迎面向你撞去的多少道坎坷中，不得不放弃。

觥筹交错，填不满内心的寂寞，谈笑风生，掩不住灵魂的孤独。一路走来，你渐渐学会了独处。早已不再奢求能有人听你说话，有人懂你，只想简简单单的，不受到伤害。

都说要找回自我，找回本心。但试过的人都知道，哪有那么容易。面具戴久了，会逐渐长在脸上，如果硬生生地揭下来，也只会更痛。真正独特的灵魂很倔强，再多的虚假，再多的伪装，也不会让你真正的心，迷失在红尘之中。

希望你能保护好自己，但也千万别让自己，太受委屈。

人们一起生活的地方，叫作人间。看似是喧嚣的众人，但其实每个人，都在孤单地踽踽独行。

每个人脚踩着这片叫作地球的土地，但每颗心中，都有自己的一颗 B612 小星星，可以携一把木头做成的椅子，一天静静地赏着四十四次日落。

每个人心中也有一座属于自己的水上楼阁，可以在无人知晓的寒夜弄起清影，在清幽的月光下携一壶桂花酿成的甜酒，对着月影独酌。

但你不可能永远彷徨在自己的沙洲，恨着无人理睬。因为——

你是一朵玫瑰花。

总有一天，会有人为你罩上玻璃罩，无微不至地呵护你，不让你娇嫩的花瓣受到一丝伤害。

总有一天，会有人怀着满腔的真诚，一语不发地倾听你的故事，然后给你他的整颗心。

那颗心，将为你而跳动。

你终将找到自己真正信任的一个人。到那时候，就卸下防备与风尘，将自己的真心，托付给他。简单，干净，直白。

每个人，都是最美的玫瑰花。

每朵玫瑰花，都能邂逅她最好的小王子。

如果他还没来，不必着急，不必沮丧。他可能只是去别的星球旅行了，或者正在跟狐狸谈天。

他会来的，一定会来的，会闯过每一道关，来到你的星球，走到你的心上。

顺其自然吧，静静地等待。想哭就哭吧，虽然，更希望你能微笑着。

愿你，被这个世界温柔相待。

一个早春的玉兰花绽放的夜

（2019 年）

连翘还是迎春

◎朱子沣　朱子沛

　　也不知乐不乐意，春天终究还是到来了。人们好像总是有那么些矛盾，在冬天里期盼春天的到来，期盼着那个鲜花开遍山野、白昼渐渐拉长、少女粉红色的心事处处洋溢的季节，却在春天真正到来的时候，又有那么一点点不愿意承认，不愿意承认又轮了一个春夏秋冬，又到了这万物苏醒的时节，一切焕然一新时，自己也只是浑浑噩噩地度着日子。

　　模糊错乱的大风天，空气中带着一股暧昧的尘土味，那是小孩子闻不到的烦躁不安。

　　"嘿嘿，今天放学后我们去哪里玩呢？"一个扎着马尾辫的小姑娘，背着书包蹦蹦跳跳的，看着她的好朋友，脸上带着兴高采烈的笑容。

　　"还是去我们家楼下吧！书包咱们放楼道里就好。"

　　"好呀好呀！"

　　小孩子总是兴高采烈的，好像身体里有使不完的力量。春天对于小女孩来说是可以采花和穿花裙子的季节，其他的就不那么重要了，毕竟，小女孩的心里一年四季都是春天。

她穿着印着彩色鹦鹉的 T 恤衫，她的布书包上印着卡通猫咪的图案。书包上的图案在岁月的洗涤下已经有些褪色，支撑不住曾经靓丽的样子，在刚刚生出嫩草的草坪的衬托下，鲜艳得有些疲倦。

"哇，你快看这里！好大的一丛迎春花啊，几天前还是深绿色的，今天全都开了耶！"她突然指着那一丛迎春花叫道，快乐地差点跳了起来。

"哇真的！好漂亮啊，是我喜欢的明黄色！"

"嘻嘻，一看到迎春花就知道，春天肯定到来了呢。"

"是呀是呀，喜欢大自然的艺术家，一定都喜欢迎春花吧。"

迎春花丛的枝桠错综复杂，纠缠成一大团，一朵朵迎春花肆无忌惮地绽放着，灿黄色的花瓣闪耀着，拥挤地混在一起，絮絮叨叨地讲述着苍白的岁月往事。

"这里也有一棵开满迎春花的树诶！"

"这个才不是迎春花，这个是连翘。"

"诶？有什么区别吗？"

"迎春花一丛一丛的，连翘是长在树上的，而且迎春花是六瓣，连翘只有四瓣。"

"哦？是吗？"

"那这个，是连翘还是迎春呢？"

"哦……应该是连翘吧……"小女孩蹲在花边端详着这一簇漠然的花瓣。一阵风吹过，几朵花落在水泥砖地上，落在泥土中，落在雨后留下痕迹的水洼里。

无论是什么，黄色的花开着，开满了树丛，开满了楼门口的小径。海棠桃花还没有开，没有什么争芳斗艳，仿佛整个世界，都属于这一朵朵干净得一点心思都藏不住的小花。

"哇，好神奇诶！之前我一直以为连翘和迎春是一种花呢，没想到一细看，这么不一样。"

"嘻嘻，你知道吗，迎春花的花蜜可以摘下来吸，特别甜呢！"

"真的吗！嘿嘿，你敢不敢试一试呀？"

"我才不敢呢，万一打了农药怎么办啊！"

她和她的好朋友站起身来，蹦蹦跳跳地走了。落花寂寞地躺在地上，无人再理睬了。

"你知道吗，过几个星期，丁香花就开了。到时候，我们一起在树上找五瓣丁香好不好。"

"五瓣丁香？是不是像四叶草一样，找到就可以拥有幸运了呢。"

"哈哈我不知道诶，但是很好玩就是了。"

丁香淡紫色的花瓣是凝结了忧愁的，这种感觉满满的，让人想到幽怨而感伤的雨中女子，郁郁寡欢地散发着幽香，但小孩子只能看到美。有些丁香则是纯白色的，像是那愁怨在记忆中逐渐褪色了一般，漠然的，轻轻摇曳在风中。

春日下午的时光总是过得飞快，在刚发出嫩芽的柳条与初放的花朵之间穿梭玩耍，时间便好像一下子从三点半跨向了黄昏。春日下午的时光总是流得很长，在自然、闲谈与笑声里，让人将一切琐碎的事物淡忘。

更何况是个小女孩，透明的心里只装得下春天。

"啊，你戴手表了吗？几点了。"她的好朋友忽然叫道。

"唔……四点半了耶，你要回家了吧？"

"都四点半了啊！嗯，我要回家了，一会还要去上英语课呢。"

"还要上课啊？好辛苦哦。"

"那，就再见啦。"

"嗯，再见啦！下次你来我们家玩好不好呀，我们一起吃枸杞果干，嘻嘻。"

"好呀好呀！过几天，这个院子里的海棠花都要开了啊，一刮风，粉红色的花瓣就会像下雨一样飘落下来，飘到我们头发上呢。"

"是啊，那可真美。"

她靠在好朋友家门口的墙上，灰砖砌的墙斑斑驳驳的。

"你知道吗，每次我来找你，总是眯起眼睛，迎着太阳看你的窗户是不是打开了。不然，我们怎么知道你在不在家呀。每次按门铃前，都会默默地确认一遍，是不是按成你们家对面了！哈哈，但是总是来找你，怎么可能错呢。我最喜欢的，就是听到'嘀'的一声——你给我开门啦，嘻嘻。"

小女孩又一次笑了起来，阳光洒在她脸上，在她的双眼里细碎地闪。那深棕色的、亮晶晶的眼瞳里，映着那个永远回不去的美丽春天。

（2020 年）

在春天的香气里，对自己说声早安

◎朱子沣　朱子沛

序

"花香的褪淡消失，是严厉的警告"

——木心《云雀叫了一整天》

春天是遍布着香味的，只是当人焦躁或悲伤时，便闻不到了。

当香味淡去、消失，世间的美丽也褪色了许多。

香味是难以形容的，是无法记载的，我们追逐香味，只为拥有那一瞬间的陶醉。

"花香的褪淡消失，是严厉的警告。"

我们应该平静下来，用那么一刻的时光，忘记一切，俯身拾起敏感的、美丽的心，去寻找，春天的香味。

谨以此篇，献给醉于气味的我们。

花气袭人

四月一个微冷的夜，走出门去，暗香涌动。是转角路边的那一排丁香，在月色的笼罩下一簇一簇地绽放着，空气中飘浮着它微微忧郁的淡紫色的清香，淡雅中带些许伤感，果真是结着愁怨的撑着油纸伞的姑娘啊。

在某个角落里，有一棵盛放的海棠。香气从淡粉色的饱满花瓣中迈步走出，轻悄地在不知不觉间将整棵树萦绕起来。海棠花的香味不像它的花瓣，甜美而娇柔，反而有着类似茶水的清冽与淡然，羞涩，恬静，不经意间凝结，又在不经意间散去了。

家中阳光最充足的小屋里，充斥着一种花香味。浓郁，甜蜜，热烈的同时稍稍含蓄，久久地环绕着不散去，浓稠的缠在空气中，让人沉醉其中，露出微笑。家中阳光最充足的小屋里，有一盆生机勃勃的桂花树，上面开满柔黄的小花。

将一朵刚刚开放的白玉兰，从花园里的玉兰树上拈下，找个罐子的小盖，放上由水湿润的纸巾，再将白玉兰插在里面，放在床头。夜半，在黑暗中伏在枕上，闻见清幽、恬然、素淡的玉兰香，心中感到清澈的淡喜，好似翩翩君子，又似白衣美人。

花市的一个角落里月季盛开，白色、粉色、酒红色，花瓣娇羞地依偎在一起。月季的味道馨香，是柔嫩的清甜，不如玫瑰美艳，不似蔷薇诗意。带着平凡而快乐的甜香味，温柔而坚定地将自己贡献给整个春天。

春风沉醉

总是喜欢在傍晚的淡粉色天空下走出门，去问候春日的微风。春风有着不同于任何一个季节的甜美与柔和，拂过面颊时轻盈而温暖，携带着草香味、花香味、粉色晚霞的气味与家家灯火的人情味，混合成一种说不出的幸福感。看到人脸上出现了令人动容的微笑时，春风便溜走了，去和玫瑰花轻轻接吻。

在一番电闪雷鸣的春雨之后，世界在黄昏时分渐渐安静了下来，雨水的击打声唤醒了沉睡的泥土，空气中弥漫着一片睡眼惺忪。泥土平凡的外表下蕴藏着一种专属春天的芬芳，夹杂着草叶的清香和雨滴的潮湿味道，酝酿出一种沉着温和的气味，那是大自然在拥抱生命时喷洒的香水。

时间就这样悄悄地流走了，从枝梢上刚刚发出嫩芽，到把阳光也滤得斑斑驳驳的浓密树冠，树叶的味道也愈发浓了。树叶的香味大概是春日里最有生气的一种味道了吧，汁液中充满了清新，也带着些未褪去的泥土味，像是容光焕发的笑容。微风吹过时，树叶沙沙响，清香也吹散开来。

早晨的清透，正午的热烈，傍晚的浓郁，阳光总是那么迷人。阳光的芳香是无处不在的，是明媚的天空，是光线通透的屋子，是刚刚晒过的床单，阳光带着一种独特的甜美味道，令人嘴角不由自主地上扬。阳光的香味描述起来很困难——如果一定要说的话，那就是一坛发酵的快乐吧。

春日最美好而感人的味道，应该是黄昏。黄昏的味道是无法形容的，甚至不能说它是一种确切存在的气味，但却能给人的嗅觉一种暧昧的、柔软的、百感交集的美好。就像夕阳染红晚霞，云彩透着粉红色，情人牵着手散步，母亲喊小孩子回家吃晚饭，微风摇动风衣与花瓣时，心中便蒸腾起令人感动的芬芳，让人想昏沉地唱起歌。

唇齿留香

下午，在阳光正好的时候去切一片柠檬片，泡在气泡水里，果肉剔透而盈满了汁水。柠檬的酸味在水中散发开来，带着柠檬皮淡淡的苦涩。柠檬的酸味从来不应该是刺激的，却是温和的，清新而带着浅浅的香气，像身穿白衬衫的少女，像年少时纯粹如水的初夏。

上午，穿着宽松的衣服在家中走一走，忽然听到咖啡机将咖啡豆打磨粉碎的声音，随着这种美好的噪声渐渐平静下来，咖啡那香醇而浓郁的气味便填满了整个屋子，初尝苦涩的味道背后，是令人沉醉其中的厚重芳香。没有咖啡的早晨是开始不了新的一天的。

最近总喜欢煲骨汤，中午便准备好食材开火慢炖，到夜晚炖好，便是无比温馨的晚餐。炖汤时，最迷人的是时间，整个下午屋子里都将弥漫着棒骨在汤里被煮出来的温厚香味，鲜美而悠长，时时刻刻提醒着人们珍惜在家中的日子，温暖而充满爱意。因此爱上生活。

令人爱上生活的另一种味道，是烤红薯。傍晚，烤箱里冒出来又甜又香的红薯味道，热乎乎得有些烫手，用勺子切开时，金黄色的红薯心里渗出了蜜糖。吃下刚出炉的烤红薯，总会给人们些许勇气去笑着面对生活吧。

热红茶总是一副不苟言笑的样子，像个绅士，入口微微苦涩，留下的却只有淡淡的甘甜，香气温和，也回味悠长。如果再加入一片柠檬，红茶也会有些许酸味，使得它俏皮了一点。一壶热红茶能伴人过完一整个阴天。

生活琐碎

在傍晚的柔软春风中，女孩刚刚洗涤过的头发微湿，水珠划过，留给长发润滑的黑色光泽。女孩的头发散发着若隐若现的洗发露香味，像牛奶，又像花瓣，混合着水的清淡和温热的汗香味，几缕发丝后面是女孩含着笑意的眼睛，温柔地湿润了天边的余晖。

木香，沉默，厚重，不善言辞的深情，悄悄隐匿在角落之中，给予人偶然的安慰。一个用檀木做的苹果摆件，从阿里山买回来的，拔开木头塞子，一股浓郁而深沉的檀木香气涌出，仿佛将人带到了参天大树的森林中，木香弥漫，阳光斑驳，近乎神圣。你的心里也有一个森林吧。

刻了一个印章，满心欢喜，打开盛着印泥的瓷碗。印章按压到印泥里，粘黏的正红色，印泥的芳香从中幽幽飘出，古典，带着中草药的气味，深邃，悠长，独特的意蕴。印章在纸张上留下红色的字迹，留下如同古琴曲一般的、属于中国的清香。

午后，阳光掠过书架，照亮空气中游动的细碎尘埃。取下一本数十年前的书，翻开，书页泛起昏黄，纸张微皱，薄如蝉翼，图画褪色，打印的墨迹脱落了不少。只是还是这样的香啊，纸香，墨香，便是书香，清淡的、雅致的、缄默的书香。曾经那个人读书的时候，是这样的香么？

一颗薄荷糖被剥落了糖纸，躺在桌子上。凛冽却微甜的香味将周围的空气染成了蓝色，比水还要澄澈的天真纯洁的气味，新鲜如同雨过天晴的早晨。吃过薄荷糖之后，口中会久久地萦绕着冰凉的清甜，让人想到年轻的男孩子，他们喜欢在春天穿白色衬衫。

结语

时常会想象，想象人们能够发明出一种介质，将气味记录保存下来。

在对于世界和生活的感知中，气味总是不可或缺的一点，也正是因为嗅觉的重要性，总是痴迷于收集与感受生活中各种各样的味道。气味可以是芳香，也可以是苦涩；可以是酸甜苦辣，也可以是喜怒哀乐。味道本身是客观而真实的，但当味道到达了感知者的心中，便充满了不同的情绪与氛围。气味就像回忆的钥匙，在进入鼻腔的时刻，便能够解锁种种心情——快乐、辛酸、兴奋、痛苦，抑或向往、怀旧、青春、乡愁。气味转瞬即逝，却又无所不有。

春日的气味总是令人动容的。我想，是因为它们汇聚成了热爱。

想到了童年时期曾一度最为喜爱的小说之一，瑞典儿童文学作家阿斯特丽德·林格伦德的《笔友》，其中有一段这样写道：

"想想看，如果能把春天初开的蓝色银莲花的香味儿、把莫妮卡洗完澡脖子上的香味、把人饿了的时候闻到的刚烤好的面包的香味儿和平安夜圣诞树上散发出的香味儿都收集起来，再混合上下边这些东西：安静的秋夜雨水抽打窗子和炉火噼噼啪啪的响声；有谁伤心了，妈妈轻轻抚摩他（她）脸颊的情形；贝多芬的《小步舞曲》和舒伯特的《圣母颂》；大海的歌声；星星的闪耀和小河潺潺的流水声；当我们晚上坐在一起时，爸爸无恶意的小小恶作剧……啊，把世界上存在的一切美丽、漂亮和快乐都取一点儿，在这种情况下你难道不相信这种混合物能当做医院的麻醉剂使用吗？"

就让我们，一点一点地把"世界上存在的一切美丽、漂亮和快乐"都收集在一起，从气味，到景色、声音、质感，汇聚成一种神奇的混合物，成为我们热爱这个世界的缘由。

窗外的夜晚，花香涌入了夜色。

谢谢你的阅读。

春安。

（2020 年）

那就让我们沉醉在夏天

◎朱子沣　朱子沛

人们常说，夏天是热烈的季节，是美丽的季节，是青春的季节，是纯粹而灿烂的季节。

夏至，这个节气几乎成为一个意象，人们一提起，便想起青涩、美好的夏日往事。

"日长之至，日影短至，至者，极也，故曰夏至。"夏至，是一年中白昼最漫长的一日，太阳达到一年中最偏北的一个点，日出最早，日落最晚，在这之后，一天中属于太阳的时间就越来越短了，属于夜晚月亮和繁星的时间渐渐多起来。

在夏至这一天里，我们可以感受到最饱满最长久的夏日白昼。

这节气微妙的变化，总是能让人在观察阳光的移动时，心中暗涌着喜悦。

其实，夏天并不是只有一个"夏天"。5月叫"孟夏"，6月叫"仲夏"，7月叫"季夏"。夏至，发生在仲夏。仲夏超越了孟夏的青涩，又还未及季夏的醇厚，恰好停留在了最为炽热与浓郁的时节。仲夏，阳光晃眼，暖风湿黏黏的，汗流浃背的人们总是喜欢在树荫下乘凉，年轻的女孩子们穿着短裙与薄衫，欢笑着，肆意度过这青春洋溢的6月。夏天看着春天的繁花朵朵败落，徐缓地给予大地更多温度，在浓烈的氛围几乎沸腾时，又渐渐地走远，迎来秋天的清凉。

这里是一份夏日美好碎片的合集，献给你。

文艺作品中的夏天

文学

儿时喜欢看瑞典作家格林伦的童话书《姐妹花》，书中讲述一对姐妹在郊外的农场生活的故事以及青春的情愫，可爱而富有情趣。其中有大段的故事描写她们的夏天，好像是那样的浪漫和快乐，她们遇到的人与事，郊游，白日的农活儿，散步的夜晚，少女的生日聚会，暴雨，亲手举办的小龙虾、蘑菇和蓝莓宴，啊，还有仲夏夜的舞会。仲夏夜的舞会，这是我印象极深的一个片段。欢快的仲夏节夜晚，在充满快乐的舞会结束后，女主人公的姐姐对她说："跳九个围栏，采九种鲜花，夜里把花放在枕头底下，梦里就能见到自己未来的心上人。"书中描写道："我们跳过第一道围栏，进入桦树林。我采了一小朵威灵仙，夏士婷跑到远处去找自己要的花，什么花我不知道。我靠在这个围栏上，深深地吸了口气。

一切都是那么平静！啊，多香啊，我从来没有感受过白桦树像今夜这么芳香。雨后的青草湿漉漉的，大地静静的，绝对没有一点儿声音，连附近黑麦地里一只长脚秧鸡令人愉快的吱吱声都能听到。这是一种我过去从未感受过的寂静，好像夏季本身一下子停止了呼吸。一切都难以置信的美好：夏天，我 16 岁，将来变成 17 岁、18 岁、19 岁，夏士婷在我不远处，桦树的香味儿让人陶醉。"桦树、鲜花、寂静、湿漉漉的青草，少女的梦与心上人，真是一种纯粹的只属于夏天的绝美啊。确实，在那些清凉的夏夜，一切都变得美丽，仿佛沉浸在一个不会醒来的梦境中，香气和雾气弥漫时，只想要醉倒在这一片纯净的美好中。

夏日也总是古代文人墨客所着迷于描写的。在许多诗词中，都散发着浓浓的夏日清香。正如宋代诗人范成大的这一首六言诗：

喜晴

窗间梅熟落蒂，墙下笋成出林。

连雨不知春去，一晴方觉夏深。

窗前梅树上的梅子都纷纷成熟了，墙边发出的新笋也逐渐生长成了竹林。在整日下雨的日子里，恍然感到仍然停留在春日，待到天气放晴之时才意识到，夏日的踪迹已经深深地渗入了生活之中。"夏深"，多么美好的一种状态，一读起，便好像漫步在山间苍翠欲滴的森林中，蝉鸣阵阵，树影斑驳。

"元曲四大家"之一的白朴，在夏日里创作了一曲小令：

天净沙·夏

云收雨过波添，

楼高水冷瓜甜，

绿树阴垂画檐。

纱厨藤簟，

玉人罗扇轻缣。

云散了，雨停了，水面上泛起了波澜，远处的楼房高高地立着，水清冽冰凉，西瓜里含着甘甜的汁水，绿树的阴影轻浅地垂在屋檐上。纱帐里的藤席上，坐着一位年轻的女子，身着轻薄的丝绢衣裳，扇着罗扇，悠闲而静谧。诗人好像手中执着画笔，描摹出了一幅夏日的慵懒画卷，没有夏天喧闹和燠热的厚重感，却充满着一种令人神清气爽的清凉。这首小曲是浅绿色的。宋代文学大家苏轼曾创作过一首关于初夏的宋词：

阮郎归·初夏

绿槐高柳咽新蝉。薰风初入弦。

碧纱窗下水沈烟。棋声惊昼眠。

微雨过，小荷翻。榴花开欲然。

玉盆纤手弄清泉。琼珠碎却圆。

这首宋词简直就像初夏景物的陈列室。茂盛的槐树，高挺的柳树，蝉鸣声与和暖的熏风；纱窗、香炉，细雨、荷叶，开放的石榴花，溅起的水珠……在这样闲适的夏日里，一位妙龄少女在午睡中被棋声惊醒，在夏天的美景中沉醉了，于是纤手拨弄起泉水，晶莹剔透的水珠四处溅起，有时细碎，有时归圆。天真单纯、无忧无虑的少女，在清凉舒畅的夏景里，真是一幅美好的写意画。古诗词中的夏日总是宛如天青色的瓷瓶，沁凉而悠长。

绘画

夏日是充斥着色彩的，蓝、绿、粉、白。这些色彩在阳光下闪烁，融化，成为印象派油画的调色盘。尽管我们可能不是艺术家，尽管我们可能不懂得美术的理论，但是这些丰富色彩的夏天和最注重光与色的印象派油画，总是能融合在一起，带给我们美的感动。正如，法国印象派画家克劳德·莫奈的色调和笔触，总是映射着最温柔的夏天。例如这幅《睡莲池》，细腻的草木绿色倒影在水中，水中漂浮着嫩黄绿色的莲叶，隐隐约约开着粉色的睡莲，一座桥跨过画面，树荫浓郁。光与色块温柔的融合，画面泛着轻盈细致的笔画。看着，仿佛就突然走到了一个夏天傍晚的睡莲池边，仿佛可以感受到树下的阴凉，安静的环境里水面如镜子一样沉静。

啊，还有这幅《持太阳伞的妇人：莫奈夫人和她的儿子》。天空上的云朵和阳光澄澈明亮，照射在浓郁的绿草地上，妇人的淡紫色裙子随微风轻轻扬起，橄榄色太阳伞下的面庞蒙眬而柔和，小孩像人偶娃娃一样站在一旁。这真是浪漫的夏天，光与风使得一切颜色都透亮晴朗，光、景、小孩和优雅的妇人，是夏日公园一角最美丽的色彩了吧。

这幅《夏日》，更是夏天一个平凡的日子的写照。空气的质感平滑而光泽，远处的海泛起波澜，树和草在微风中轻轻摇曳，一个人坐在树荫下，静静凝视着前方发呆。画面平静，但真实，几乎可以听到海面周而复始的涛声，听见悄声的虫鸣，听见风吹过树叶时簌簌之声。

也许我们不懂得艺术，也许我们说不出画家运用的笔法，但是我们看到莫奈的油画，也可以想到属于我们的夏天，那样静美，那样明朗，那样温柔。

电影

有一种夏天，叫宫崎骏动漫里的夏天。或许是因为夏天带着一种天真烂漫的特质，日本动画导演宫崎骏的动漫中，总是将故事设置在夏天。而他独特的绘画风格，总是将夏天表现得格外美好纯真，宫崎骏动漫里的夏天，是一种属于孩童时代的美丽至极的夏天。最经典的动漫《龙猫》里，夏天的气氛扑面而来。响蓝的天空，像棉花一样立体的纯白云朵，高大的橡树和伴着蝉鸣的深山森林，老屋子里的榻榻米地板和橡子，清澈透明的溪流和河床上的苔藓。水泵里喷出清凉的大股水流，小女孩踩在水里露出快乐满足的微笑，夜晚静谧的凉席，蔬菜田里的玉米。最美丽的可能还是比夏天更纯粹的孩子的心，能发现看见龙猫的眼睛，和最纯真的善良吧。

比起《龙猫》这种单纯快乐的风格，《千与千寻》中的夏天有了更加丰富的层次。神秘的森林隧道，诡异的飘满香气的街道，属于神明的浴场，白天出奇的寂静里盛开的繁花。列车通过的海面，宁静、湛蓝、深邃，永远地分割两个空间的世界，清凉而纯美。这个故事里的夏天，是属于那个勇敢的女孩，是最恐惧也最无畏的特殊的夏天。

还有《悬崖上的金鱼姬》，是属于五岁的小男孩小女孩的夏日。蔚蓝的在阳光下闪闪发亮的大海，清凉的夏夜与轮船，一碗热气腾腾的拉面，在清透的水面下悄悄游动的水母和大鱼，变大的玩具船，小男孩与一条化身成人的小鱼的真挚友谊，勇敢地走过海面的力量。清新的蓝色和绿色，展现了一个奇幻而温馨的夏日邂逅的故事。

夏季热烈而漫长，人们也总是在夏天长大。在《魔女宅急便》里，魔女琪琪便在十三岁的夏天独自离开了家人，来到一所陌生的城市，锻炼养活自己的本领。这些夏天并不总是顺利而快乐的，有时候，便会躺在草地上听收音机，看蓝天卜飘过的棉絮状白云，静静地想着烦恼与心事。而有时候，夏天又是暗含着青春情愫与悸动的，和初结识的男孩子一起骑自行车到大海边，在残阳之下相互交谈着心里话，发梢被风轻轻撩起时，面带笑容。

宫崎骏的动画电影中，总是描绘与展示着夏天最美好的特征——天空与大海，草地与森林，乡间的古老木房子和彩色的街道，是童真、成长、冒险与友情，是最为纯粹的世界。

电影里的夏日，总是如此绚烂而迷醉，令人向往，想要进入其中。就像法国电影《普罗旺斯的夏天》。电影讲述了居住在法国南部乡村的一个家庭，在那个热烈的夏天里种种有趣而温情的故事。曾经是嬉皮士的老人与老朋友们在夏夜里用吉他弹唱鲍勃·迪伦的歌；年轻的少年与少女在小镇里体验着不一样的生活，去交友、去恋爱；小男孩跟随着自己的外公行走于田野之间，摘下成熟的甜杏掰成两半，送入口中，汁水四溢。阿维尼翁的夏天永远是紫色与金色的，在阳光下闪闪发光的小镇，慵懒的午后街道，温馨的小屋与南法居民热情的笑脸，组成了电影中所说的"最幸福的夏天"。

日本导演是枝裕和的电影《海街日记》中，展示出了一种风格迥异却同样美好的仲夏时节。故事发生在日本古都镰仓，在一座古老的木房子里，生活着香田家的四姐妹，相互照顾、彼此依靠，共同度过了一个充满美丽与温情的夏天。在仲夏夜里穿着浴衣一起点亮花火；在"海猫食堂"里吃着竹荚鱼回忆往事；和男孩子一起骑着自行车穿过开满樱花的路；将成熟的青梅从树上摘下来，放在罐子里酿成梅子酒，梅子酒里酸酸发酵着的是最为干净的夏天。镰仓的夏日总像是蒙着一层淡蓝色的水汽，海风穿过街巷，沙滩上四姐妹的脚印被大海清澈的波浪悄然拂去，生活清新而悠长。《海街日记》中的拍摄镜头与讲述方式极为细腻，简单平淡，却道出了生活中的所有温柔。

是最为温柔的夏天。

生活中的夏天

夏景

"六月天，孩儿脸"。夏日的天气多变，阴晴风雨，晚霞朝露，各有风味。夏日最有代表性的热烈与灿烂，属于晴天。晴天，天空高饱和度的湛蓝如同用蓝色油漆粉刷过了一般，云彩则像大朵大朵用白色丙烯画上去的，蓬松松，沉甸甸，形状与轮廓美丽得几乎夸张。树叶在阳光的照射下闪闪发亮，深绿色带着纯金色，整棵树仿佛镀了金。树木茂密的地方，在地上投满墨绿色的浓荫，阳光穿过树叶间的缝隙，洒下斑斑驳驳的影子。水面上波光粼粼，孩童嬉戏，层次丰富的蝉鸣与鸟叫声填满了整个晴天的午后。城市里的车辆楼房在阳光下熠熠生辉，傍晚时的夕阳也一定会色彩喷涌，晴朗的夏夜满天繁星，热烈、欢快、迷人至极。

阴雨天，夏日突然安静了下来。天空的饱和度降低了，天空上布满阴云，淡淡的灰色调，仿佛用水彩调出来的。空气中弥漫着淡蓝色的雾气，雨点沙沙地落下，细如缥缈的银针。变清凉了，微冷的风安然地吹过，雨丝落在树叶上，打湿叶子，再顺着叶片的脉络和弧度凝成水珠，"滴答"一声掉落。最动人的是雨中的睡莲，雨滴在池塘上泛起一波波绵延不绝的涟漪，莲叶随之轻轻晃动，淡粉色、浅黄色和纯白色的莲花花瓣上，水珠流淌，雾气使其更加朦胧，尤似出浴少女娇羞而清美的样子。除了三两个撑伞的行人，再没有什么人在外面行走了，人们在家中凝视着窗户上滑下来的水珠，空气中泥土的清香若隐若现，灯光被晕染得模糊不清，静谧中说不定能听见某家弹钢琴的声音。

另一种夏日的特色，是与晴天截然不同的另一种热烈。夏天雨水多，雷阵雨也常常降临。天空突然阴沉下来，闪电炽热的光芒刺穿这一片压抑，几秒后，厚重的雷声隆隆响过，炸开平静。雨水忽然之间倾盆而下，风也忽然起了，树木在一片暗沉中舞动，竹子的尖端几乎要戳到地面，蔷薇的花瓣零落，一地残红。地面上形成大大小小的水洼，万物都是湿润的，空气也阴冷下来，街道上车灯锐利地划开道路，雨滴噼啪敲打窗子，河流里的水奔涌得更激烈了，世界充斥着躁动的沉静。

每一种都是夏天极致的韵味。

夏食

夏天怎么少得了水果呢。

在烈日炎炎的夏日里，我们大啖西瓜、草莓、甜杏与蜜桃，让甜美的汁水充盈口腔，给人带来久违的清凉。

坐在舒适的小屋中，吹着电扇，捧着小半个熟透了的西瓜，在冰箱里冰镇过，拿勺子舀出来送入口中，或是切成三角形的块，沁凉清甜的果肉便在口中化开来——那是夏天专属的味道。吃着，黏糊糊的汁水沾满了嘴角，瓜瓤的深红色像极了晴日里天边的晚霞。静静地翻几页书，或是听几首舒缓的慢歌，便能够度过整个夏日的下午。

又或者，摘下新鲜的草莓，宝石似的透着晶莹的红色，像极了少女光润的嘴唇。在晌午的阳光里坐在小桌旁，柔软的裙摆与发带在风中曳起，将草莓送入口中，露出红色果肉中包裹着的白心，香甜的汁水淌入了喉咙，直至咽下，仍然满口余香。吃了草莓之后，整个世界都变成了粉红色。

甜杏子的味道比草莓更加率真，又比西瓜更为热烈。最喜欢的便是将甜杏用手掰成两半，手指尖捏得杏皮微微皱起，在蜜甜的汁水快要从果肉中溢出来时，连忙塞到嘴里，让整个杏子的甜蜜在味蕾上绽放开来。甜杏永远是那样活泼明媚，像个大方又开朗的小女孩，眼睛里映照着灿烂的阳光。

夏日里桃子的味道就像一段恋爱。有些人执着于水蜜桃，绵软而多汁，在表皮上咬开一个小口便能够将一大包甜蜜的汁液吸入口中；而有些人则偏爱脆桃，带着一种脆生生的甜美，将白里透红的果肉切成块，吃起来无比清爽。桃子总是像青春时的女孩脸颊，带着细软的绒毛，透着红晕，而桃子的味道宛如青春时最青涩的爱恋，干净、单纯，却又充满了甜蜜的心动，可爱极了。

夏天最特殊的食物，可能要数是冰激凌了吧。无论是天真无邪的孩子，青春年华的少年，还是已到中年的成人，都会对夏天的冰激凌产生一种微妙的喜爱和渴望吧。橙汁冰棒清爽解渴，一块简陋的橙色的冰，插在小木棒上，小孩子在吵吵闹闹的小卖部买一根，从冰柜里拿出来，撕开质感软滑的包装纸，冰棒上隐约冒着白气儿。含在嘴里，橙汁冰融化成水，冰凉、鲜甜，小冰碴儿有些划嘴。闹着拉着小伙伴一起玩，不知不觉橙汁冰棒已经渐渐融化，汁水流到小木棒上，滴在石板路上，滴在手指上。绿豆冰棒含蓄，传统，内敛，平淡的豆绿色，吸一口，绿豆微酸微甜的味道随着冰凉融化在口中，时不时体味到些许绿豆沙沙的口感，醇浓，清澈。一个人安安静静地将它一点一点吃掉，身体和心境都平和了，犹如一个温柔的夏日傍晚。年轻的女子爱美，不喜欢让冰棒滴下来的水珠弄脏干净美丽的衣服和面颊，再加上对于浪漫故事的美好幻想，对于冰激凌情有独钟。在繁华的街区总是可以看到这些女孩子，手中捧着一杯冰激凌，小心翼翼地吃着，让浓郁的奶油融化在口中，香气沾染整个口腔，她们总是很在乎不要不小心蹭掉口红，眼里也总是怀着亮晶晶的美好。

夏忆

近几年来发现，在夏天的日子里总是容易恍惚，脑海中容易忽然闪现出往日的记忆，让人情不自禁地想起过去与童年。夏季是个令人怀旧的时节。

在夏天午后的热浪里，想起了幼年时无忧无虑的夏日下午，那些日子无比简单而快乐，每一天都近乎透明。年纪小的孩子们好像永远不怕热似的，哪怕已经让汗水沾湿了衣裳与头发，也会不知疲倦地在艳阳下奔跑打闹，欢笑声在整片草地上漫延开来。

　　小时候，每年夏天都会提着一袋小面包跑到池塘边喂鱼。夏天的阳光在池面上舞动着光影，水下的锦鲤畅游着，身上的鳞片带着点点细闪。由于个头不高，便会爬到池塘边缘的平台上坐下来，将面包撕成小块抛入水中，然后静静地欣赏鱼儿游上来抢夺食物，激起一片欢腾的水花。有时候会站起来，使出全力把面包块扔得很远；有时候又会蹲下来，轻轻地把面包块放到水面上，等着鱼儿前来。

　　我将池塘中的锦鲤称为"我的朋友们"，经常在下午时去探访。

　　不在池塘边时，我会跑到草坪上去玩。草地边的树林里响着喧闹的蝉鸣，却一点也不显得聒噪。在小孩子的眼睛里，青草在阳光下透亮的样子都格外好看。于是，我经常会坐在草坪上盯着草地发呆，有时候随手抓起一只身边的瓢虫，数它背上星星的数量，然后又躺下来，看着白云组成的连环画与望不到头的蓝天。

　　三四岁的时候会在夏日的中午睡午觉，但是出于小孩子旺盛的精力，很少有睡着的时候，便会盯着太阳从窗帘缝里渗进来的光影，观察它的变换。夏天的正午总是有点迷糊，但也能让人真切感受到夏日温暖的时间。午睡后从被汗浸得湿黏黏的被窝里爬出来，坐在大木桌边喝一碗梨羹或绿豆汤，盯着窗外的樱桃树胡思乱想着，便感到浑身清凉。

　　再长大一点后的夏天里总是少不了旅行。在普罗旺斯的薰衣草田里陶醉在花香之中，在佛罗伦萨文艺复兴时的街道边吃着意式冰激凌，在卑尔根的码头边观察积木般的房子，在纽约的喧闹都市气氛里走过人群。夜幕降临时，整个小镇像是一篇童话。当汽车驶过无垠的田野，我们唱起了歌。

歌唱着那每一个碧空如洗的夏天。

写在最后

人们总是会怀念夏天。

夏日似乎是无数种美好的代名词。无论是自然中浓郁的蓝色与绿色、天空与草地，还是小屋中的冰块、西瓜、电风扇，夏天的生活从早到晚都是畅快的，从早晨的朝阳到黄昏的晚霞，总是迥异却不变的美丽。电影与文字中的夏日也总是有着一种令人舒适的情调，令人看后便有治愈感充满了全身，温暖却又清凉。不过一切的美好都比不过小时候的夏天，那样无忧无虑，那样清澈活泼——它属于欢笑与冒险，属于大自然中令人好奇的事物与最要好的伙伴。夏日翠绿色的树荫里，藏着真正的童年。

干净、清新、慵懒、闲适、热情、浪漫，人们总是用这些词语来形容夏天。

2020 年的 6 月，说实话并不如此美丽。

新冠肺炎的疫情仍然未能在世界的许多国家里平息，病毒继续在人群之中肆虐。种族不平等的事件发生，导致人群中的动乱与反抗。与此同时，灾害来临、全球变暖、社会动荡、经济不振，仿佛一切都不尽人意。在人们心中，总是怀有着恐惧与不安。人们担忧，担忧着自己以及身边的朋友与亲人；

人们害怕，害怕世界无法再次步入正轨。但在这个有着绝望与不稳定性的漩涡里，还有着一点无法埋没的光亮。

至少我们还有夏天。

（2020 年）

帮助跌落的大雁，飞成同一条线

◎朱子沣　朱子沛

序

又是一年气清景明之时，正是去往江南，在水乡中荡舟、在古巷中徜徉的好时节。凤凰古城，也是初春之时的好去处，可以行在江水小楼之间，赏着四月芳菲。

凤凰古城，位于湖南湘西，是沈从文先生的故乡。

那里的景色当然是美好动人。两岸苗家特色的吊脚楼，用木头建的，长长的木头柱子支起上面的房子，下端则埋在水中，划开流过的水波。那楼古朴而又雅致，有点江南的意蕴，但是更加自然、淳朴，带些原始的气质。楼之间是一条河。深邃的灰蓝色倒映着楼和桥的倒影，随着水波、鱼跃、船儿的驶过，倒影也轻轻地摇曳成了色彩的晕染。桃花杏花，在人们的捣衣声中让花瓣与阳光邂逅。尤其是夜晚，灯火葳蕤，五光十色的繁华，在水中荡出了悠闲，荡出了美好，与月光的倒影跟着船儿混到了一块……

泛舟江上，让春日柔软的微风轻轻撩起发梢。闲倚窗边，喝一杯清茶静看着古城黄昏。摇橹声悠悠地打着节奏，流水声潺潺地诉着往事，路上人缓缓地走向远方，不为下一个活动，不为下一场奔波，只是散散步而已，简单欢喜。

早晨起来，阳光已经散了晨雾，阳台对面的吊脚楼倒映在水面上，像淡墨勾出的写意画一般清透。路边小摊里刚刚出锅的米粉，浇着当地人自己制作的酸菜，再加上清清淡淡的几块牛肉，热气氤氲，香味钻到心里，让人不得不感叹这美好的春晨。

在凤凰古城，阳光笼着一层古色古香的滤镜，人不急，岁月也不匆忙，这样的慢节奏生活，好像令时光都不忍快步离开。

凤凰是美丽的。

但那美丽的面具背后，又有多少颗破碎的笑脸，藏在无人知晓的黑暗之中。

停留了两日，便看见了这座古城的静谧，许多的不美好。心中自然是爱着这座古城的，但一想起，也仿佛听到微微的叹息。

这张美好的脸庞深处，也不知道流了多少泪了罢。

且听娓娓道来。

日复一日，他们这样活着

节假日的时候凤凰人很多，走在路上摩肩接踵，只是当时去时还是淡季，所以只有星星点点的几处旅行团，还有一些独自前来看世界的旅人。

凤凰古城的旅游业近些年来发展好起来了，也有越来越多的旅人前来旅行。

但……凤凰古城真的不是什么先进繁华之地，经济条件，也并不是很理想。

作为一个以旅游业为主的城市，凤凰古城内外有很多做生意的人。开饭馆、开小商店、开民宿以及编彩辫、拍照片、做向导等，都是日常生活中的小本生意，但也是旅游业中重要的一部分。

在这样一个经济条件并不太好的地方，做这些小生意，也非常不容易。

都说在大城市里拼搏的人有多大的压力与多少的不易，但生活在凤凰这种小城镇中的人，也是在负重而行。

凌晨五点钟左右，太阳还未将晨雾照散，小商店已经纷纷开门，迎接新的一天，开始新的拼搏。他们知道，早上六点钟，就会有成群结队的人们再来到这里，在扬声喇叭的喧闹中，他们要戴上美好的笑脸，面对这些短暂停留的人群。

古城里不知何原因开张了许多酒吧，歌唱与喧嚣声一直持续到后半夜。凌晨两点左右，才熄灭不停闪烁的灯火。嘈杂也罢，庸俗也罢，出于社会需求，他们别无选择。

编彩辫的人，已经满面沧桑的痕迹，手中拿的海报泛黄，塑料膜的边角打着卷。只要看见长头发的女子，便赶忙上前招揽生意，一刻不停地劝说，不小心也有可能招来厌烦的神色。确实纷乱，确实麻烦，但是她们也得生活。在河边走一会儿，就可以遇见十几个举着海报编彩辫的人，不亲眼看见，想象不出她们被拒绝时略带麻木的失落，想象不出有人光顾时她们满目的欣喜和激动。

佝偻着身子的老人，岁月在她脸上留下了沟壑，走路交谈对她而言已经绝非易事了。但是她背着两个大筐子，里面装着花环等小商品，一边艰难却又坚定地挪着步子，一边用暗哑的嗓音叫卖着。本该在家里安享晚年，可辛苦了一生，还是继续挑起了一部分担子。

刚刚大学毕业的女孩，就做了向导。整日为了旅行的人们奔波、讲解，才接了一些旅客就要立刻去接下一批。她为了迎合客人的时间，只能等待；个别客人苛刻的条件，也不得不努力去完成；交流的误会中，她只能忍着委屈，一点点礼貌地处理。可是，她也只是个少女，已经在承受这个年纪所能承受的最多烦恼了……

负重而行的这些人们，实在被经济压得窒息，为了减轻这些压力，他们盲目地寻求着氧气……其中有一些人，为了这份氧气，开始套路，开始欺骗，开始钩心斗角……

有人在做让旅客试穿苗家服饰，并给他们拍照片的生意。他们向你走来，百般地说服你去试一试，夸你穿上苗服一定漂亮，说来到这边就要体会风土人情，而这是当地文化。合情合理、几乎恳求的语言，固执坚决的表达，让人没有了拒绝的余地，因为无论什么借口，他们都能找到说服的理由。他们说："试穿免费，拍照 10 块钱，打印一张照片才只要 15 块钱！"然而，给你拍了几十张照片，却在你没有表态的时候，自作主张地把所有照片都打印了出来……

连那刚刚毕业做了向导的女孩，也为了生活不再纯真。面对独自一人的旅客问她的问题，她没有给出正面回答，只是一遍遍地说："请个导游就好，请个导游就好了。"导游是收费的，当然可以为旅行社赚来更多的钱，于是，她刻意地推荐了请导游的选项。她才是个少女，就失去了一部分无偿的善良，就失去了一部分满是爱的单纯。不妨想想，完全单纯，怎么在这巨大的压力下生存下去？完全善良，怎么在这并不纯美的世界上生活下去？

为了利益，为了钱，他们经常会充满心机。如果只顾道德只顾善意，怎么可能在这平凡的小城活下去？在利益与道德之间，人类不得不选择本能。

有时，对他们只能叹息一声。生存是最重要的，道德，则是一个选项。

美丽背后，无限的辛酸

凤凰，只是湘西一带很多地方的缩影。

湘西整体而言不是经济繁荣昌盛的地方，以前不是，现在虽进步了许多，但仍然不是。

　　出了凤凰古城，进到县城里。高楼大厦自然是绝迹了，几乎所有楼房都是同一个形状，方形的，刷成带着灰的白色。没有绚丽夺目的风景，没有宏伟吸睛的建筑，没有时尚潮流的穿搭，没有车水马龙的街道。一切都有点旧，有点朴素，略带尘封的平凡。白色楼房上的窗户外晾着洗涤的衣服，街道上摩托车驶过地上的水洼，几个人在夜晚围着暖炉聊着家长里短，下了晚自习的学生成群结队慢悠悠地往家里走去。这种低饱和度的色调，很轻很慢，有一种特殊的美感。

　　这样的美，只是从文艺的眼中去看。爱美的眼睛里，一切都加上了美的滤镜。但如果除去滤镜，放下诗情，客观冷静地看一看，还是会发现，这里的经济水平真的有待提升。

　　说凤凰古城是以旅游业为主的地方，那为什么旅客会想到这样一个偏远又平凡的小县城里来呢？通常的原因是这里的名气。一个地方引来多人的访问，一定有自己的亮点，可能是一处奇景，可能是一段历史，也可能是因为一个名人。

　　凤凰最广为人知的名人，应该是沈从文先生了。作为一大文学家，他的《边城》《湘行散记》等经典佳作里，很多次描写到了凤凰家乡的元素。面对清雅质朴的文学，人们也不经意爱上了文学来源的这座城。旅客们来凤凰古城旅游，一定要去看的，肯定是沈从文先生的故居。与文学大家曾经的生活故事做一次近距离的接触，想想便是一件有趣而令人向往的事。

　　自然而然，凤凰因他成名。沈从文先生的故居，使得每个游客几乎都登门拜访。凤凰的人们当然没有错过这一商机，他们为沈从文故居设立了门票。每个游客需要交相应的钱数，才能进入到那个穿越时间的院子，那个沈从文先生曾经的家。

大家好像习惯了这一现象，但是细细思考，这就不禁让人淡淡地忧伤起来。这里本来应该是一个触碰大文学家内心世界的地方，但是很少有人会认真地停下来，去读墙上的书信，去研究他曾经的旧物，去聆听他曾经的故事。凤凰的人也只是给出了门票，收下了门票的费用，而旅客都很少仔细研读的文物，本地的人们或许也不会去研究。

这样，突然觉得这些凤凰的文化名人被消费了。他们仿佛成了赚钱的工具。人们打着他们的旗号呼喊，让旅客因为对文化的渴望，在这里消费。文化没有得到理应的尊重，人们没有给予文化热情，他们像是在被当成卖钱的工具消费，而真正在乎文化名人这些细节的人，着实不多。

可我们不能因为他们没有对艺术足够热爱而认为他们是负面的，毕竟，活下去都艰难的时刻，何谈艺术？

那片繁华，邻近又遥远

这就是凤凰。

那表面的美好与文艺背后，有些令人心酸的凤凰。

收回目光，再看看北京、上海、深圳……这些大城市的面貌，与凤凰、湘西等地截然不同。

市中心处，皆是林立的高楼，由钢筋混凝土铸成的一棵棵参天大树，用千篇一律的姿态矗立在那里，一语不发的灰色调，折射着穿破云层的阳光。

　　宽阔而平坦的马路上，汽车常常排成长队，挤得水泄不通，形成一片奔波的海洋。

　　喧闹繁华的街道，灯火辉煌的商城，来来往往的人群或匆忙地赶向下一场所，或和几个朋友一起逛着街，谈着天。他们之间，有西装革履的职场精英，有穿着精致潮流的都市女郎，也不乏正值青春年纪的年轻人，来到这繁华的街上寻找快乐。街边尽是琳琅满目的店铺，满足人们的一切需求，充满着设计感的橱窗，在闪耀中诠释着时尚。

　　凌晨三点，本应是一座城安然入梦的时间。而大城市的中心街道上，仍然是一片人来人往的热闹，车水马龙间，有人在大声说话，有人在与朋友说笑。霓虹灯与闪烁的招牌显出一片繁华，便是大城市里灯红酒绿的夜生活。

　　……

　　凤凰的向导讲起了自己的故事："也许是因为在这里（凤凰）住久了，很不适应大城市的生活。前段时间第一次离开家乡湖南省，到广州去旅游，想去看看湘西之外的世界。当时晚上我去坐地铁，因为不着急嘛，我就会观察观察周围的人。不知道是不是这样，大城市里的人，永远都是那样一副表情。在压力下，那种冷漠的、麻木的神色，因种种烦恼与疲惫而沉着脸。他们下车时，总是急急忙忙地往前跑，悠闲的我，被夹在迅速走过的人流之中。我感到很无力，大城市真的不适合我，节奏太快了，我跟不上……"

　　有时候几乎觉得有几分难以想象，湘西的凤凰古城，与这些大城市，坐落在同一个国家里，脚踏着同一片土地。其差异之大，宛如两个人间。

湘西一带，还算经济条件、生活水平尚可的地区。在最偏僻的崇山峻岭中，深藏在角落里的小村寨，那不为人知的地方，与大城市更是天差地别。

当然不能否认许多大城市的发达与先进，也不能否认大城市有着较高的经济水平。但客观来说，中国各地经济水平的差距太大了，这对中国总体的经济水平，也是充满影响的。

都城，凤凰，乃至更偏远的山区，都处在同一片土地上，说是邻近，但那巨大的差距，拉远了不同地区之间的距离，让他们遥远地，好像隔了一个世界。

我们如何努力

个人观点认为，要想使一个国家更好地发展，应先提高整体的经济水平。

人们应做的，也许并不是过于着重大城市的发展，使它们越来越先进，而应首先重点关注条件较差的地区，将其经济规模以及人民的生活条件提升到尚可的水平，使它们都达到特定的高度，再将整个国家作为一个整体，更好地、更平衡地发展。

从一些发达国家中可以看出，统一达标的经济水平非常重要。当然，没有一个国家是完美的，能够整体都达到很高的标准，特别是一些地理面积较大的国家。但人们仍然可以做出行动，去尝试进步，去尝试改变。例如，一些发达国家的经济水平较高，使它有条件在并不算特别发达地区的田野中，将先进的机器运用于农业与牧业。这一措施，使水平较为落后的地区，也能达到一定的水准。

这并不是崇洋媚外，也不是缺乏自信，但正如孔子曰："见贤思齐焉"，祖国也应看到发达国家在发展中的种种优点，从它们身上吸收可以借鉴的地方，并努力将自己提升。

只有经济水平总体发达，才能发展成真正的"大国"。只有当整个国家达到了经济水平的平衡，成为一个整体，才能更好地共同发展。

"当整个雁群的所有大雁飞成一条线，才是最壮观的场景。"

"当所有地区的人民都能够手拉着手，才能一起追光，共同圆梦。"

可要想真正做到这一点，真的很难。因为……中国的地理面积太大了。要将所有偏远地区的经济水平提升到一定高度，绝非易事。但人们不应因为难，就丧失尝试的勇气，而应共同努力，共同前进，共同奋斗。

"梦想还是要有的，万一实现了呢？"

除了生活水平与科技水平的提升，经济发展的正面影响还有太多太多。

就凤凰而论，也许当经济水平提高之后，人们不再会过多地收取沈从文故居门票的费用，而可以关注在其他行动上，去讲授更多相关的知识，将文化进行更为深入的宣传，让更多人不再是简简单单地打卡，而是真正去思考、去理解、去对中国近代的文学产生兴趣。

"经济基础决定上层建筑。"

从另一个方面来说，当经济能够发展，这将是一种具有影响力的、对中华民族的文化、历史与艺术的传承。

文化，会被更多人看到。艺术，会被更多人爱上。

写在最后·旅行的意义

搁笔，不禁思考，何为旅行。旅行真正的意义，又是什么。

旅行可以是简简单单地去看一座城市的样貌、景点，只是它简要的轮廓。

旅行可以是去看一个地方的生活、风俗、风土人情，去了解它不一样的生活方式。

旅行可以是去看文化、看艺术、看历史长河，去真正了解，一座城或一个地方的文化底蕴。

旅行也可以是去看社会，放眼全球，看出差异所在，反思自己当下的状况，思考未来的方向。

行万里路，不光是看风景、品艺术、学文化，也是跳出自己舒适的圈子与自己生活的城，走出去看看世间百态，人间烟火。去看看在那些地方，他们如何活着，也思考，他们如何能活得更好。

这是一个被许多人忽视的旅行的意义。

（2019 年）

辑五
仰望星空

这山清水秀的江南，怎能让我不经常思念呢？

壮丽的山

◎朱子沣

有一座高高的山，
披着绿色的衣裳。
春天来了，万物复苏。
走在曲折的小路上，
真是鸟语花香。
多么苍翠的山啊，
谁给它织的衣裳？
啊，是树呀，赞美树那秀丽的脸庞。

树呀，多么高大、秀丽！
树呀，多么郁郁葱葱！
树呀，多么笔直挺拔！
树呀，真是青葱翠绿！
它们像一个个战士，

挺立在风雪中。
它们像一个个孩子，
欢笑洒在阳光里。
是它们给山织的绿衣。
让它们从山脚下至山顶，
都手拉着手，永不分离。

美丽的山上开满鲜花，
像孩子们的笑脸。
它们五彩缤纷，娇嫩又鲜艳。
它们把山打扮得像姑娘一样美丽。
花儿旁边是碧绿的草坪，
在阳光的照射下，
花草闪闪发光。
阵阵春风吹过，
花草叶子摇摆着，
好像在跳轻盈的舞蹈。

站在山顶往远眺望，
啊，真是美丽！
喷泉只有米粒般大；
湖水、小河潺潺流淌；
山脉连绵起伏；
平房、高楼一望无际；

花红草绿，春风吹拂；

阳光明媚，和暖舒适。

美景映衬着蔚蓝的天空。

钟声"叮当、叮当"地响，

美好的时光渐渐过去，

要珍惜青春的时光。

欲穷千里目，更上一层楼。

站在最高点上眺望远方，

用美景洗涤美好的心灵。

（2014 年）

蓝色

◎朱子沣

远处——一片汪洋，
蓝色正在那里捉迷藏。

蓝色，平静又清凉。
蓝色，天真又明亮。
蓝色，清秀又开朗。
蓝色，幽雅又欢畅。

啊，蓝色，夏天的凉爽。
啊，蓝色，湖水的透亮。
啊，蓝色，优美的海浪。
啊，蓝色，神秘的向往。
啊，蓝色，温柔的亮光。
啊，蓝色，清秀的姑娘。

啊，蓝色，宝石的荧光。

啊，蓝色，柔和的希望。

在柔软又细腻的沙滩旁，

蓝色正漂浮在海上。

蓝色住的地方，

就在那碧空如洗的天上。

啊，看那浩瀚的海洋，

蓝色正把宁静和清澈，放在身旁。

（2014 年）

薰衣草之乡

◎朱子沣

世界上有一片片碧蓝碧蓝的海洋，

世界上也有紫色的海洋。

紫色的海洋在什么地方？

它们就在普罗旺斯那美丽的天堂。

其实，那些"海洋"就是薰衣草迎风开放。

它们散发出迷人的芳香。

花丛中，蜜蜂、蝴蝶来来往往。

具有艺术感的云如同画一样。

蔚蓝的天空衬着阳光。

那薰衣草，如同紫色的天使在阳光下闪闪发光。

它们好像通向云端，通向山岗，

通向美好，也通向希望。

啊，普罗旺斯，薰衣草之乡！

被紫色的深情环绕的浪漫之乡。

在那薰衣草旁，尽情地幻想，放声地歌唱。

啊，普罗旺斯，薰衣草之乡！

多么美丽，多么浪漫的地方，

真是人间天堂！

（2014 年）

紫色的天堂

◎朱子沛

在普罗旺斯的小山上，

有一片紫色的海洋。

那里，多么美丽，多么忧伤，

那里，是一大片一大片的天堂。

其实，那是薰衣草盛开的地方，

最幸福、华丽的薰衣草之乡。

在花丛旁，四处都是灿烂的阳光。

湛蓝的天空，被美好之火点亮，

云的艺术感是多么的强。

一排排薰衣草，

一条条通往云朵的小路，

走向希望，在天上飞翔。

展翅高飞，和太阳一起看着地球上那紫色的天堂，

幸福像花儿一样。

也许那是一个小梦想。

（2014 年）

初秋

◎朱子沣

初秋的景色真是秀丽，
细细的雨深情地拥抱大地。
红果在枝头笑嘻嘻，
金黄的波浪漫步在田野里。
树叶换上彩色的外衣，
落叶像金色的地毯一样铺满大地。

初秋的景色真是秀丽，
细细的雨深情地拥抱大地。
树上的果子小的像米，
栗子啪啪地砸向沙地。
飞机云可真是细，
鸟儿们鸣叫着告别夏季。

初秋的景色真是秀丽，

细细的雨深情地拥抱大地。

松树满是翠绿的足迹，

红叶像蝴蝶一样飘入一条"蓝玻璃"。

初秋的秀美和甜蜜，

似乎都在那彩虹般的梦境里。

（2014 年）

云海

◎朱子沣

走在曲折的小路上，
到处一片白茫茫。
这一片白，
是雾、雪还是霜？
在那冬天的田野里，
一片洁白，雪亮雪亮。
天空中有一缕淡淡的光，
那缕光是不是属于冬日的太阳？

沿着一条熟悉的路，
一直通向山顶上。
傍晚已经来到山顶，
蓝天依然无比晴朗。
远远地看去，

雪山被阳光照得洁白又明亮。

山的另一边升起一轮黄色的大月亮。

夕阳像水彩一样，

被太阳之刷抹在天上。

往下望一望，

啊，一片洁白的波浪！

云海啊，云海，

你像柔软的丝绸一样。

在梦幻一样的地方，

看见你衬着彩色的夕阳。

像你这样秀美的风光，

就纯粹是个美好的希望。

云海啊，云海，

你就像天使的白色衣裙，

在人间仙境中荡漾。

（2015 年）

云海

◎朱子沛

山脚下，一片雾蒙蒙，
一米以外就看不清了，
好像一团白布裹住人间。
这片雾又像天使的白衣
飘在眼前。

突破低低的云层，
到高高的雪山上。
望望上方，天如此的蓝。
望望下方——
啊，一片云海！
山谷已被洁白的云装满。

站在山顶上，

上面竟晴空万里。

云海像棉花，

又像白地毯和香香的米粒。

灿烂的阳光照在雪山，

闻见松叶的清香。

谁可以分清这是真是假？

美丽的云海是美妙的梦想？

（2015 年）

海的故事

◎朱子沣　朱子沛

蓝而澄净的海，
舞着泡沫和波
水天相接，
无限的清澈
大海，你是否记得，
熟悉而陌生的我
你风琴般的涛声，
唱着，
那浪漫美好的岁月，
漾着柔情
忧愁化为泡沫，汇成诗歌
爱海，爱生活——
更爱海的故事

（2017 年 于博鳌 ）

观海而作

◎朱子沣　朱子沛

登顶，眺望

大海，咆哮，绽放自己的雄壮

俯览大片礁石，满心昂扬

呼啸而去，如风一样

茫茫历史，漫漫长河

千百年来的沧桑

刹那间，化为千堆雪

三国的潇洒，唐宋的书香

飞溅于天，处处漂洋

海浪

击碎烦恼与忧伤

只留自由与豪情

还在胸膛

（2017 年 三亚龙头岭）

夜·冬

◎朱子沣　朱子沛

时光流逝，日月如梭，转眼又到了冬日。清风萧瑟，使人倍感寒凉。仰望星空，你是否闻到了冬日的气息？

冬夜，台灯下，几首清新的小诗，一杯冒着热气的茶，一颗轻松的、文艺的心。

这就是生活中的温馨与浪漫。

夜

月亮河

冬夜，静如水
温暖的屋内，一架欧洲风情的钢琴
月光般柔软的白色灯光，
照在黑白色的琴键上，泛着，淡淡的银色

手指，按着冰凉的琴键，

音乐，缓缓流淌着，

穿过银纱般的云，抚过清水般的夜

那安详的歌声，正是那首，

月亮河

凉

风，沙沙作响

沁骨的微凉

泪，好像一串，冰珠串成的链

囚住心中的殇

日子，永远是那忧郁的湛蓝

拢起被风吹散的乱发，抬起头，静静仰望

你的笑颜，散发出甜甜的芳香，

像巧克力一样

记住，你的心头，

永远有一片静朗的星空

夜潭

冬夜，藏蓝色的天幕

薄纱一样的云，温柔地抱着，

玉盘般的月，神话般的影

没有一丝浊尘，只剩，
心中的澄清
凉风席卷，抹去泪眼，
天如水，水如夜，夜如潭
冥想中，突然发现，
夜潭，正如你，
清澈澈的眼睛

冬

木

风，越发凉了
吹落了秋日的邮票
一片，又一片，
树枝，褪去了秋装，开始赤裸
冬，也变得凄凉了
今年的沙漏，也即将流尽
轻轻，悄悄

冬的味道

冬的味道，就是
冰清玉洁的沁凉
和你的心中的静

怀

走出温暖的楼，感受冬日的冷
那清新的气息，是否，似曾相识
你可记得，去年的冬
你的快乐与孤独
笑容可爱的朋友，
冒着热气的汤和红薯
还有，脸颊上的泪珠
都是去年冬天的
恬淡的回忆

（2017 年）

畅游在涅瓦河的美丽秋色

◎朱子沣　朱子沛

初秋时节，我们来到了俄罗斯的圣彼得堡，游览了圣彼得堡的母亲河——涅瓦河。泛舟河上，美丽的景色，让我们心中泛起淡淡诗意。于是，我们写下了六首小随笔。

一

船儿，在细窄的河上荡漾
钻进桥洞，等待着，吞噬
宛在黑暗的深处
却柳暗花明了

二

目不暇接的精美建筑，
如方块积木般整齐排列
金色与绿色，红色与白色，
给人一种淡喜的微醉，不一样的巴洛克

三

和软的柔涛，巧遇教堂的金顶，
倾吐这惊艳的华丽
一座桥儿躬身伏在这柔涛上，
静静聆听它的絮语

四

沉重的历史，无情的岁月
战火硝烟的往事
却没有影响坚强的你，
那微笑着的容颜

五

甘甜的清风，伴着，
阳光可人的甜香
梦在古老浪漫的风情里，
你若伊人，在水一方

六

泛舟河上，艺术气息的风光
彩色的落叶，高大的树木在水中荡漾
幸福是什么？正是我多情的心
一叶轻盈的舟，一座庄严的城

（2017 年）

思

◎朱子沣

冷漠和无情，
像阴阴冷冷的冰。
我不喜欢，但——
你我，
许多人都需要充斥心灵。

冷冷的，灰灰的，
毫无柔情和迷蒙的，
似寒冷一般的，
这块冰，是理性，
你，需要它。
不太理性，
做个诗人吧；
过于理性，

做科学家吧。

泪干了，
青春消淡，
多愁和诗情走了。
这块冰，
冷了热血。
使你，不得不打造，
鲜艳的灰色世界……

（2017 年）

尊严

◎朱子沣

是您，为革命的前途点燃胜利的火星。

是您，英勇地创造祖国未来的光明。

是您，在敌人的折磨前不屈不挠地挺直身躯。

是您，在监狱的墙壁上抒写爱国的豪情！

啊，将军！是您激励着革命的热情，

激起奋斗与热血，

激起在绝望中对未来的憧憬！

尽管敌人无情的利爪撕扯着您——

精神的打击，自由的禁锢；

人格的侮辱，肉体的欺凌。

但黑暗的牢狱只能关押您的躯体，

却怎能锁住您坚贞不屈的心灵！

只是一首壮烈豪迈的诗歌吗？

不，您留给我们的，

是中华民族可歌可泣的精神！

痛恨敌人，热爱祖国，

宁死不屈，视死如归，

这就是您——叶挺将军！

（2017 年）

多情之人的只言片语

◎朱子沣　朱子沛

安然

水珠从冰间消融
弹出钢琴的声
百灵鸟第一声鸣叫
唤醒了春的迟梦

一个少女
身着天蓝色的纱裙
拈着一朵含苞的勿忘我
引来了蝴蝶的逗留

那是在蓝水晶的回声中罢
幽香拂过笛孔

唇间玫瑰的悄声暗语
轻柔如伊人的梦

伊人裙袂漾着
瞳仁如琥珀
吟着灵魂之歌
唯愿与卿
生生世世
海棠花开

那段岁月

有泪，但笑多
有苦，但甜多

那段岁月，不快，不慢
那个城市，不大，不小
我有个故事，不长，不短
在心的深处
只会在深夜，独自品尝

宛如滴入冰中的水
又宛如深巷里的孤鸿
迷茫中为孤独而坚定

喜欢她如阳光般的笑
亦爱着他轻燕般的身影
只是，不知何年再遇

不要去打扰了
就此让年华安眠于记忆吧

无风花与雪月
只云淡与风轻
但是，莫忘啊
毕竟
那是一段我深爱的时光啊

夜·城·梦呓

在最空寥的人间
有最孤独的落寞
听最苍茫的曲调
吟最苦楚的悲歌

最孤独最沉默的人
隐匿在最深的夜
拭去眼泪
铸一根蜡烛

然后照亮整个世界

繁星点银，忧郁而灿然

奔跑的人追着远方的光亮

月光缥缈，冰冷而温柔

哭泣的人等着黎明的太阳

玻璃窗外的灯火

揉碎成一片斑斓

经历过凌晨的纠结

忍受过深夜的悔恨

煎熬过，也崩溃过

绝望过，也孤寂过

流过多热的汗

受过多痛的伤

却仍然

在不为人知的故事里

只做个平静的说书人

一人

独自对着月影独酌

是寂寞

众人之间觥筹交错

却好像形单影只

才是孤独

天鹅

纯粹着的宁静
亦有着几丝神秘
雪白朦胧的映在水面
那羽的色泽触碰湖水的亮润
定格在波上的恬

微微昂首
展翅向天
纯白的身影像一朵昙花
完美的舞者匿在垂帘
将深沉的蓝色的湖面作了舞台
便是绝美的诗篇

高雅艺术的象征
不胜寒的丽质
暗夜中繁星明月似的惊艳
憧憬的目光固然闪亮而欣喜
但哪能比上山河的深邃？

优雅的美丽

以及纯洁的高贵

触发了一瞬间的灵感

出现

一个人的清晨

早晨 6:01 分

背影已去了

默默转过身迈开了脚步

一束朝阳照亮了一小块空气

有柳絮在飞

阳光愈发暖了

那条石板路与远远的上方

是初始的灿烂

久久立着

微遮着眼凝视着

宛如沐浴着金色

雕塑一般的

花还未开

何处不是流光涉足过的地方呢

折射在栏杆上闪着

又悠悠地射在阳台的椅边

影子斜长
那金色如水般倾泻着
流转
烤面包的麦香

心的指尖轻跃
拂过岁月的黑白键
弹那时间谱成的曲
名叫时光

情绪不坏
只是春天的空气
恬静得
有些忧伤

寂寞
不是一个人
而是
突然只剩一个人

醉·空

小城的夜应属朗润的温柔
河水摇月影，星光触花瓣

却，有一抹喧嚣
窗外的缈缈烟雨
也洗不尽人间的尘

霓虹灯映照着迷醉
相伴是嘶喊的歌声
一个空酒瓶掉落
碎在门外的地上
破裂的玻璃片在雨中黯然
街道旁，有一片
沾满泥土的树叶
躺在碎片上

心跳在喧嚣中暗哑
星宿在雾里昏沉
让嘴角咧出凡尘
让瞳孔闪着烟火
众人一场，彻夜狂欢

电吉他激昂的扫弦
麦克风炸裂的狂言
在这繁华中忘却了忧愁
迷失了自我
在灯红酒绿中堕落

第一束阳光映入双眼

照射着一具具苍白的躯壳

迷眼的灯熄了

震耳的歌灭了

一切短暂的吵闹

悄然逝去

只剩一地破碎的梦想

突然的平静尤为寂冷

满心的伤仍撕裂着

空唠唠的痛楚

也终究无法摆脱

陷入无边的黑夜

挣扎着渴求星光

淡灰色的灵魂

却始终觅着归宿

岁岁年年地行着

不过是醉生梦死

度着一往浮生

面具绽开笑靥

却从未抹尽泪

月下·徜徉

清风漾起柔柔的波浪
蒹葭曳起萋萋的苍茫
纤细的踝静然立着
白羽笼着一径月光
羽翼在地平线舒展
啼鸣在空灵中回响
夜深似黑色的双眼
只剩那湖水的安详

顶上那片朱红
本应是望眼天下的傲然
鸿鹄般的展翅
本应是掠过苍穹的翱翔
高歌响彻旷野
本应是万箭齐发的号角
起舞融化冰雪
本应是百花齐放的欢唱

可它只是悄然呓语
眼瞳中沁着浅浅的笑意
羽毛在幽白的月光里

宛如诗人的白裳
洒下的光晕迷离它的剪影
它啜饮的湖水泛着涟漪
徜徉在黑夜里行吟着
在这山海之外的流浪

红尘纷乱
世事炎凉
早已不再嘶喊
早已不复痴狂
何必纠缠
何必夺抢
唯愿身侧苇絮飘零，伊人相伴
唯爱水间一轮皓月，一脉暗香

（2017 年）

大海的歌唱

◎朱子沣　朱子沛

在过去的春节假期里，我们去过了海边，感受大海的气息。与清风共舞，与浪花合唱。在惬意的阳光下，我们有感而发创作了几首随笔小诗。

正月初一观海琐记

柔沙轻暖灼玉盘，
清风涌浪亦恬然。
碎玉波涛落春雪，
渔家灯火映阑珊。

海忆

我回到了，
这个熟悉而温柔的地方
大海，你是否记得
浪漫深邃的我
最远的地方
海和天安详地融合

雪一般，泡沫
轻巧地抚摸那浪的轮廓
清澈的海浪冲洗我的身
凉凉的，凉凉的
腥咸的海风亲吻我的唇
轻轻的，轻轻的

一勺海水，蓄成一部浪的诗集
一滴眼泪，吟出一曲海的情歌
海天一色，万家灯火
渔家璎珞，娓娓道着——
海的悲欢离合

（2018 年）

赣·春

◎朱子沣　朱子沛

又是一年清明时了。"清明时节雨纷纷，路上行人欲断魂。借问酒家何处有，牧童遥指杏花村。"

在过去的清明假期／春假中，我们去到了江西，在那里旅游、休憩、畅想。

那里有山、有水、有春的诗情。

在过去美好的一周中，我们也在春日的阳光下创作了一些随笔小诗。

生活不易，是时候慢下来，去江西享受属于你梦中的春晨。

赣·景德镇

瓷歌

圆润巧身莹澈
玉色清透花落
吻声婉冰融于雪
景德瓷国仙若
胡琴玉笛笙珞
青袍袅袅婷弱
柔音清软声如磬
悠远沁透灵魂

景德瓷的四面

白如玉
天境的冰雪百经雕琢
融为瓷器，落入红尘

薄如纸
羽毛般薄的玉瓷
轻若你的呼吸

明如镜

瓷盘为鉴
映美人云鬈桃面，沁骨红颜

声如磬
不经意的敲击
足以美到心碎

赣·春花盛开

油菜花

空山雾雨绽金黄
星焰点点吐光芒
一径春暖漫天野
入泥疏淡自孤芳

樱花

樱化簇簇，微红～
落我裙摆，飘融～
隔世花雨，朦胧～

赣·清明小食

清明粿

我的外表是春的青涩
微苦的忧伤
我的内心是蜜的寂寞
清甜的倔强

糯米子糕

轻软咸香味
颗颗糯米凝舒觉
阳光透春水

赣·婺源

清晨

静谧无边
款款，行在小巷深处
望眼，青翠梯田
闲卧空山回音谷

薄雾，轻似烟绸

裹峰顶起舞

雅舍，粉墙黛瓦如墨

此景是烟火

是生命邂逅的莲

赣·三清山

云雾

云卷云舒蒙雾门

轻拢柔裹，吻落红尘

薄纱悠抹清山冠

恰似美人，初醒眼唇

忽然山谷风飘裙

云雾将散，风复迎魂

半掩半露风缠雾

转瞬烟软，若隐春痕

山泉

山雨清新

雨滴柔软地落上竹叶

溪水淙淙

戚戚地吟着情歌

今世如愿落我手捧

映着我的纯澈

入口融融

沁骨

是你故土的芬芳

（2018 年）

关于大海，有些故事

◎朱子沣　朱子沛

海的故事

卿知否？
那年那月的碧天
浪儿卷着沙的琴
海连着天融合着

蓝色渐渐淡然
雪一般的泡沫
抚着浪的清咸
一抹浅笑，一径幽香

美若梦帘里的，卿的容颜
唯愿与卿
观潮起潮落，看云卷云舒

携一盏烛灯

在渔火阑珊中凝着卿的眼

是个往事罢

天女不识烟火

却为卿

深爱着人间

（2019 年）

黄昏与黑夜交际的时间

◎朱子沣

窗格

雪花
被云倾倒了下来
乱舞
如旋涡般
席卷着空气

雨也相伴
风怒号过田野
忽快忽慢
随意顶撞着
隔着田字木窗格
聒噪得无声

麦草狂乱

无节奏地曳舞

苦闷又带着宣泄

有风来

只好摇晃叶杆

逆来的

只好顺受了吧

窗格的几何形状

隔绝了

风雪山峦

期许

浅粉色的

溶于淡蓝的无言

铺张着黄昏

从屋顶滚落了下来

"我心亦有一股流泉"

——泉眼无声 轻悄

悄然间溢满了怀

便细语倾泻

白昼褪去地很快

浓郁蔓延

琐碎声响 却也

安谧 恍然不知

又是怎样一天

树梢揽起星辰

孤星一点 茫然

整个夜幕的深情

用沉默与其拥吻

垂下泪眼 炯烁

乐章由小提琴开始

丝滑掠过月光

泉也奔涌

穿过寂寥大地

轻抚过远方暮色

暮色下的

倔强心愿

期许

期许东风染柳

无尘清夜

期许泉下冰雪

消融

期许
期许灯昏曳影
静止未熄
期许泠泠幽曲
呢喃

浪漫臆想

在那个美丽的古老小镇火车站会面
寒暄低语片刻
行李箱不重，只装着心事
浅蓝色亚麻衬衫的袖口挽着
深蓝色长裙随风轻舞

在木屋酒店里蹬掉了鞋
坐在床边，泡红茶
窗外的街道边开满了波斯菊
小店在卖花

整个下午都属于漫无边际的散步
阳光下的集市是个童话
买下一对珍珠耳环
喝一杯樱桃果酒
微红着脸颊说自己不可能醉

傍晚爬上了河边山丘上的老城墙

巨石颓然思念骑士

君王早已埋没了身影

黄昏时分的金色灿阳

洒满了整个城镇的屋顶

粉紫色的浓郁晚霞

随之而来，抹满了天空

相拥而坐，一言不发

从第一颗星亮起

直到整片迤逦银河

于是看了一整晚的夜色

有时哼起爵士小调

有时谈起油画与诗歌

有时躺在土地上，不语

直到星光散去

日出划破了沉寂

满世界都闪耀着金红的光芒

吃下清晨的第一炉牛角面包

坐在玫瑰丛边缓缓亲吻

(2020 年）

昨晚下了雨的日子

◎朱子沛

柔软

雾气的灰蓝色

淡淡

迷蒙在窗上的水汽

落雨无声

清晨,世界已湿润

仍不见雨,无声

深灰色的石砖路

困倦的阴云天空,呢喃

树枝上没有叶子,哦,这是

早春第一场雨

对面的红砖房,褪色

窗檐冰凉，稍稍忧郁
后院的水也安静着
色调温柔，冷冷的温柔
过两日该开花了吧

（2020 年）

和风少女

◎朱子沛

回眸

发丝散碎，挽髻

深褐色

枝梢与露水融成的深褐

樱花瓣垂着

柔软，淡海盐味

近，却触碰不到

玉白的恬然的颈

回眸

不过少女

墨绿色和服

轻拢薄肩

唇是睡莲的倒影

清澈，纯净

不过碧玉之年的少女

回眸

眼睛闪烁浅紫

春风般的浅紫

近乎透明

倒映天空上的花火

（2020 年）

雨·雪·风·钟

◎朱子沛

雨纷纷，轻卷

雪亦然，飘乱

树的枯枝静默无语

风只与其缱绻

迷蒙，落地不见

雾浓，渲染山峦

寂而幽，忽闻

钟声悠远

余音清长，不倦

风起，雨雪狂舞

快转缓飞，诉怨

钟声已眠，望窗外

倚看风不断

（2019 年）

古诗改写

◎朱子沣

忆江南

江南好，
风景旧曾谙。
日出江花红胜火，
春来江水绿如蓝。
能不忆江南？

从前，有一个如花似玉的少女。她从小在江南长大，是个活泼又快乐的南方姑娘。

长大后，她离开了家，到中国的北方去了。

有一年春天，少女回到了家乡。家乡的景色似乎与人间天堂一样迷人。这就是她的故乡江南啊，景色多么熟悉。她跟自己的父母和亲朋好友见面了，少女的笑容就像一朵绽放的桃花。

一天清晨，少女正在江边散步。当她抬起头时，看见了她见过最美的风景：太阳出来了，江边的花像火一样红，像火一样鲜艳。江里的春水仿佛被蓝草浸染……这种境界，让人感到很平静，少女的脸上露出了淡雅的笑容。

几天后，少女该离开了，她依依不舍地向父母和朋友告别。她想：这山清水秀的江南，怎能让我不经常思念呢？

（2015 年）

古诗改写

◎朱子沛

绝 句

迟日江山丽，
春风花草香。
泥融飞燕子，
沙暖睡鸳鸯。

　　春天来了，一只可爱的小山雀高兴极了，它认为春天是
那么美好。它飞到树枝上，赞美春天的江山是多么秀丽多彩。
小山雀快乐地飞来飞去，有时还抓住柳枝，数一数有多少片
嫩嫩的小叶子。忽然，刮起了一阵温暖的春风，是那么柔和，
还带着花草的芳香，把小草吹得舒服地弯卜了腰。小山雀飞
到泥土上，想看看那里有什么。它看见了一只小燕子正忙着
筑巢，衔来了湿泥。小燕子筑巢的速度真快，让小山雀觉得

真好看。小山雀飞到沙子上，看见了几只像鲜花一样美丽的鸳鸯，它们正在晒太阳。小山雀望着充满生机的大地，快活极了。我爱春天，多么秀丽的春天！小山雀想，然后欢喜地跳起了舞，唱起了动听的歌曲，在迷人的春光中陶醉了。

（2015 年）

来猜个不一样的灯谜！

◎朱子沣　朱子沛

　　每年元宵节，都有猜灯谜的习俗。红红的灯笼上贴着纸条，每条都是一个谜语。烟雾，灯火，猜谜，还有圆胖如玉丸的元宵，每一口甜到心中最柔软最欢乐的地方。是不是也有浓浓的年味？今年元宵节，我们也为大家设计了两个灯谜。这两个谜题是两首小诗，分别对应两个历史事件。希望大家动动脑子，在新的一年更加聪慧！

一

　　兵戈似雨，刀剑如风
　　临门噬苍穹
　　濡汗沁裳，生死如梦
　　孤人，独琴，空城

君子琴香

高楼亭阁上

仙袂飘扬

抚琴无殇，谁知

白衣羽袖下

断弦藏

二

荒原凄风，涩土愁云

一个球形的香囊

精雕细镂，银丝仙刻

繁花巧鸟藏

离魂之倾倒，暗香

隐看长空，恍一美人

雪肌，月眸，桃唇，水上

却看烟火，美人花落

肌肤已坏，而香囊犹在

香囊，自孤芳

香囊之味

可是长恨？

（2018 年）

关于“呼愁”

——读奥尔罕·帕慕克《伊斯坦布尔：一座城市的记忆》有感

◎朱子沣

　　“我的起始点是一个小孩透过布满水汽的窗户看外面所感受到的情绪。”

　　在我的理解中，从清醒且独立的意识产生的那一刻起，呼愁便已在心的深处开始萌芽。当一个孩子将脸贴在冰凉的窗户上，透过水汽，看着身外有些模糊地发灰的世界，便会感觉好像有些眩晕一般，一时无法看清自己的方向，心中升腾出一阵怅然，说不出什么滋味。

　　自我记事起，到现在，虽不算是每时每刻，但几乎每一天，我都能感受到这种不浓烈却动人心弦的呼愁。对于这种微妙而缥缈的情感，对于能够勾起我回忆的场景、片刻、甚至是气味，我有着一种独特的敏感。能引起呼愁的，多是由于其连接了我的过往与回忆，或是任何随机的片刻，便能唤起一种恍惚的惘然。冬日操场上清冷的阳光；夏日窗外浅蓝天空上摇曳的树叶；傍晚校园内温柔的灯光；穿着夹克说笑散步的女孩；空荡马路边的行人；老旧小区房上装的空调；缠绕着蜘蛛网的昏黄路灯；地铁站里的流浪歌手；老式自行车；水泥公寓里刚刚熄灭了灯的窗户……

呼愁并不是个人的感受，亦非某一个特定群体所能体会到的情感。呼愁是无处不在的，是与生俱来的。于我而言，呼愁就好像一大片充斥着疼痛的薄雾，人们不愿去触碰它，却又毫无选择。岁岁年年，呼愁一直在不断蔓延着，席卷着，使整个世界都弥漫着呼愁。在这片薄雾里，人们被滞在其中，不去触碰便无法动弹，便也只好渐渐地习惯了。世间纷扰，人们开始对这种疼痛麻木不仁，开始适应透过这层忧郁的面纱去看眼前的世界，呼愁，也就逐渐淡去而消逝了。

而对于伊斯坦布尔，呼愁为什么仍然清晰而浓烈？这是出于一种敏感，一双眼睛、一颗心的敏感，一座城、一个文化的敏感。伊斯坦布尔城中残破的木屋，灰白街道边的断壁残垣，海峡上老旧的船只，这一切的一切，无形中塑造出了一种氛围，而这种不可言喻的氛围，便能在平凡琐碎的生活中，每时每刻触动着伊斯坦布尔人们，使他们的呼愁觉醒，并永不消散。

呼愁是忧伤的，但从来不是剧烈的、刺激的痛苦。呼愁的力量是柔和却不可抵挡的，排山倒海而来，围绕着人们，又一点点地渗透下去，直至深入骨髓。就如同寒冷，呼愁不是当冰块接触皮肤时所带来的、刺痛般的冰凉，而是行在夜凉如水的街头，昏黄的灯火之中，那种沁骨的幽寒。

不断地尝试去寻找，追溯呼愁最根本的原因。我发现，当呼愁被触动时，多是由于令人念起过往的事物，与人紧密关联着的事物，以及最重要的人们所关心与牵挂的事物。伊斯坦布尔之所以会能够唤起作者的呼愁，是因为他属于伊斯坦布尔，他关心伊斯坦布尔，在这个承载着自己过往与回忆的这座城里，他是伊斯坦布尔的一部分。呼愁，是群体的忧伤，而要想与群体共同体会这种忧伤，它需要的是一种对于身份与文化的认同。

这使我想到了波兰人民与呼愁相似的情感——zal。这种融合了忧郁、悲伤、愤怒、痛苦等诸多情绪的复杂情感，也是由于历史与文化的缘故，成为这个民族共同的忧郁情结。

"我一生都不是在对抗这种忧伤，而是要成为这种忧伤。"

呼愁是贯穿着整个伊斯坦布尔文化的，每个人都受到了它的影响，而所谓成为这种忧伤，是一种接纳，也是一种认同。呼愁，将百万颗独立的心脏连接起来，共同跳动着，而就像 zal 这种波兰人的蓝色血液一般，呼愁亦是伊斯坦布尔人血液里，所不断流淌着的忧郁。

关心这座城，心中的挂念，也自然而然地成了一种忧郁的牵绊。呼愁，是融入，是认可，是一种无奈的白豪感，是忧伤中依然义无反顾的一往情深。

在这里，我想到了艾青的一句诗：

"为什么我的眼里常含泪水？因为我对这土地爱得深沉……"

（2019 年）

梦游者

◎朱子沣　朱子沛

"凸形思维，凹形思维，平面思维，垂直思维，倾斜思维，集中思维，分散思维，逃逸思维，声带切除，词汇死亡。"

——若泽·萨拉马戈《失明症漫记》

"是这里吗？"在这片满是灌木丛的荒原上，我在这所住宅前停了下来。

"门牌号02-2，一点没错。"身穿白色制服的小姐说道，脸色仿佛带着点歉意。"近日得麻烦您来代替我的主人做一回看守者了，不过不用担心，他们在有机会时会尽快赶回。"

"有什么需要我做的吗？"我朝四周环视了一圈。

"哦，没什么，只是待在这里便好。房子里的人们做什么都不需要在意，也无需干涉，只要确保他们不从房子里跑出来就可以——这种事情本身也很少发生。"

听上去还蛮容易，我心里想。"那好，谢谢你，回见。"

我对穿白色制服的小姐说道。她向我道了谢之后，便匆匆地离开了。

看来这并不是件需要劳神费力的事，我近日应该会过得很清闲。几天前，朋友托我帮助他去做一份差事，"很重要的一份差事"，他告诉我。

"我可没有信心担保我百分之百不会出错。"当时的我正站在阳台上抽烟，看着楼下小城的街道闪闪发亮。

"哦，绝对没有问题——这是件简单得不能再简单的事了。"朋友答道。

四周全是一望无际的荒原，在极目远眺时可以看到绵延的群山。地上冒出了一垛垛的灌木丛，上面挂着干枯的暗红色叶片和萎缩了的红果。而我面前这座房子大得像所工厂，莫名其妙地坐落在这里，显得有些窘迫。爬满铁锈的门牌上写着"02-2"，铁皮铸成的墙壁上沾着脏污的痕迹，好似个与世隔绝的住处，只有房子西侧的墙上凿开了一个大窗户。

"好吧。"我自言自语道，在房子前的一个摇椅上坐下来。初秋的天气已经开始有微冷的风了，还好今天是个暖和的天气，淡淡的阳光透过云层洒在摇椅上还比较舒适，也不刺眼。斑驳的阳光下，旁边小桌上我的红茶泛着透亮的光泽。"就当是来度一天的假，放松放松心情。"

在荒郊野岭里时间过得不知不觉，坐在摇椅上极目远眺就过去了一个多钟头。我的心情异常平静且舒畅，哦，感谢我那位亲爱的朋友，这个地方是多么令人舒心啊——住在市中心可没有这样安详的日子，哪怕深夜里，公寓楼下的车辆也往来不绝，电视机里新闻嘈杂地播报着各处的动静，还不时能听见隔壁家的女人大声吵闹，若是运气再差一点，还会有大片大片的人群在楼下游行，简直令人烦躁不堪——哪里像这儿一样安静舒适。

这时，我听见身后的房子里发出了"当啷"一声，仿佛什么东西砸到了它厚重的铁皮墙。这一下子引起了我的好奇心——这个工厂一般的大房子里有什么？里面的人是做什么的？我站起身来朝房子走去，试图找到它的门，可是我并没有成功，那满是铁锈的门牌也只是挂在一个空荡荡的铁墙上，铁墙阴阴冷冷，好像阳光对它起不到任何温暖的作用。我突然想起那西侧的大窗户，连忙走去查看。窗户上卡了几根古旧的铁柱，生满了锈，展现出黢黑的色泽，没有玻璃。我倚在窗户上向里窥探，不禁久久地愣在那里，我从未见过这样的场景。

整个铁房子里好像在举行着一场无休止的派对。生冷的铁皮墙上杂乱地堆砌着一些廉价金色拉花，还有已经快要放完气的、沾满灰尘的奶白色气球，被不知道谁画上去的炭笔涂鸦环绕着。房间里惨白的灯光忽明忽暗，强硬地盖过了阳光的柔和。这个房间好像被尘封了多年似的，里面却挤满了人。

如果这是一场派对，也绝对是世界上最乏味的派对。屋子里容纳着的上百号人，全部都蜷缩在地上。有些人的手臂环抱在一起，有些人躺得离人群远远的，但他们全都有着同样的一个特点——他们都睡着了。

　　这幅场景离奇得滑稽，使我不禁笑了出来。真不知道这里到底发生了什么，也不知道这些人都在做什么事，当然，最令我困惑的是为什么要派我来看守这样一座死气沉沉的屋子。这真是份"很重要的差事"，是吧，老朋友？绝对没错。

　　刚才我听到的"当啷"一声，是角落里坐着的一位男士发出来的。他看上去很年轻，穿着的棕色亚麻衬衫上污迹斑斑，手中正握着一个破碎的空酒瓶。很显然，刚才他将自己手中的瓶子砸向了墙壁，因为他身旁散落着玻璃碎片，其中一个锋利的碎片还将他身后的麻袋划破了，里面的碎布露了出来。

　　"我……我要喝酒……喝了酒便能忘记一切了……我想醉倒……哦……莱茵河边的葡萄园……"年轻人口齿不清地咕哝着，好像梦呓似的，一边说着一边微微晃了晃脑袋，眉头紧锁，看上去有些难受。低语着，他摇摇晃晃地站了起来，应该是想要走去桌边再拿一瓶酒，但脚底下轻飘飘得走不稳，绊倒了，于是只好作罢，伏在地上叹气。我猜测他一定喝了很多酒，而且已经醉了。但无论如何，他也是这座房子里唯一一个没有陷入沉睡的人。

真没想到，我猜错了。他抬起了头，让我看清了他的脸。一缕金棕色的头发垂在他的额头上，显得漂亮极了，只不过，他双眼紧闭。

——他在梦游。

这不禁让我再次惊愕了，哦，老天，我还从来没有亲眼见过一个梦游的人呢。不过，这个人梦游的状态和我想的不太一样，他也没有像书里画的那样举着双臂，只不过像快要睡着的迷糊状态，不——比快要睡着的状态更加迷离。

这时，又有"当啷"一声从另一个角落传来，我向那边看去，是一个更加年轻的女士，她穿着非常美丽的深红色长裙，只是上面沾满灰尘。她用心描摹的蛾眉皱起扭成一团，双眼死死地闭着，表情中含满了怨气。她扶着墙壁站起来，摇摇晃晃地走向那个伏在地上的喝了酒的可怜年轻人。出人意料地，这个女士用脚上已经变形了的高跟鞋奋力踢打年轻人，愤懑地低语，"愚蠢无知……令人恶心……自私自利……"年轻人在踢打下痛苦地翻身坐起，把女士推开，声音嘶哑，"自作多情……心胸狭窄……见识短浅……"女士听了这些话神情更加愤恨，嘶喊着，不顾一切地扑向年轻人，年轻人也不甘示弱，紧紧扣住女士的手腕将她压倒在地。两人扭打一团，嘴中拼命诋毁着对方，在一番激烈的争论后，两人的声音渐渐弱下去了，紧抓的手也渐渐松开了，除了地面上灰尘还在飘舞，再没什么动静了——两个一分钟前还在激烈争论的人倒在地上睡着了。

说实话，这场闹剧一开始让我还有点紧张，不过还好，他们并没有想要出来的意图，现在也已经睡着了。但是无论如何，这样的厮闹仍然让我感到不安，两个人都在梦游吗？估计是的。他们为什么要这样吵闹？我其实也想不清楚，辱骂男人和女人的话都让我感到有些不舒服，不过梦游者也没在思考，胡言乱语都正常，或许我也不必计较。

可惜这份平静并没有持续多久。不一会儿，大房间里又发出了响动，我看到有一位身处房间中央位置的男士站了起来。从他的面孔与体态来看，我相信这是一位年迈的老者。他双眼紧闭的脸上流露着苍老的神情，走动起来略微蹒跚，身上穿着一件款式老旧的西装。老者在自己身边的几尺地里来回踱了踱步。哦，我多么希望这回不会再有闹剧发生了，至少这位长者看上去还算是温和——可惜事实并非如此，真是可惜。

好像蓄意要挑衅似的，老者低下头，面冲着睡在他身边不远处的另一个人开始大吼起来，语句异常连贯却仍然含糊不清。"你们全部都无比可耻！哦……我们身处的地方是多么的令人绝望啊……而这一切都是因为你们！脏乱……无能而下贱……你们的存在简直是在……危害我的生命……"他声音嘶哑地喊叫着，不断地辱骂身边的人，尽管看上去昏昏沉沉的，但是我能感受到他的愤怒。啊，我猜想他一定经历了不怎么愉快的一生，才会积攒得满心都是怨气和仇恨。

显然，本来躺在地上安静睡觉的人被他的言语激怒了。我观察了这位先生的样貌，发觉他也是一位老者，合着双眼，看上去更加忧郁，身上的深紫色法兰绒外衣使得他更加沉闷了。"但是你……你做过什么吗……竟然毫不惭愧地指责他人……真是不负责任……"他的声音较为温厚，但苍老极了。"你的心中只有仇恨……满脑子都是攻击性……人们之间最为珍贵的和平……你竟然毫不在乎……只顾着挑起战争……"他摇摇晃晃地向前走去，好像想要挥起拳头打到对方的脸上。

"你想挑战我？不……我绝对不可能让你得逞！瞧瞧你那自私自利的样子……从来不为大局着想……我难道说得不对吗？真是愚蠢……你可不会想让我发起一场战争！"穿西装的老者接着大喊道，伸出手指，狠狠地指着自己对面的人——当然，他指的方位不太准确，毕竟，两个人都只是在梦游里说着难以理解的话。

"如果你给我带来威胁……我当然不会向你屈服……你以为我是可以随便欺负的吗……那你真是大错特错……"身着法兰绒外衣的老者也咬牙切齿地回应了他。

虽说有点紧张，听到这里我还是忍不住笑了一下。我面前的这两位老者从年龄上来看都是经历了岁月风霜的人了，但这场对话却像极了两个不甘示弱的小孩子在为了一场游戏而吵架。

"好……好……不与你计较了！今后的日子里休想再惹怒我……"穿西装的老者好像感觉有些没趣，便降低音量说道，说罢便耸了耸肩，不再争吵了。

"你做得对……我们要友好相处……今后的日子里我们必须待在这……还是友善点为妙……"穿法兰绒外衣的老者也消了气，转过身去，不再理会。

两人又回归了平静的状态，但我心里却仍然有些慌张，总觉得这安静的空气之下满是剑拔弩张的火药味——我担心这会引起一片混乱。

在窗口胆战心惊地守候了一刻钟，里面的人仍然在安安静静地睡觉，空气寂静的只剩下那几个气球碰撞对方时单调而低沉的声音。我松了一口气，悠闲地绕开房子，走到荒原里散散步。地面上只有稀疏短短的草，呈现着枯黄的色泽，踩上去沙沙的。凑近观察那些灌木丛，上面的暗红色叶子和红果干枯得仿佛近几年都处于干燥的环境。大片淡棕色的云的影子从地面上缓缓掠过，好像水流慢慢掠过我的身体。在这样开阔宁静的环境里散步，我的心情很快地好了起来，至于房子里发生的事——不必理会，只是梦游者而已。

半个钟头后，正当我散步归来，坐在摇椅上舒服地喝红茶时，一声巨大的响声从房子中传来，像是一块石头砸到了铁墙上。我吓了一跳，赶忙放下茶杯跑到窗户前查看。我看见这群人一个个地缓缓站立起来，一个人没有立稳，头"咚"的一声磕到了墙，倒在地上。这几百个人从蜷伏的姿势渐渐崛起，一点点扩充他们所占据的空间——哦，我发誓，我从未见过这样令人恐惧的场景。他们有男有女，有老有少，有的穿着华丽，有的衣衫褴褛，有的高大健美，有的颓废佝偻，有的斜倚在墙壁上，有的屹立在房间中央，有的姿色美艳，有的面如死灰……但是有一点是相同的——他们都双眼紧闭，神志不清，而且神情中都透露着深深的怨恨和愤怒，透露着浓浓的攻击性。这简直可怕得令人颤抖！我呆立在那里，目瞪口呆地看着这一个个人，心中祈祷他们只是舒展舒展身子，不久后就可以重新躺下，重新归于平静。

可是我的祈祷并没有起到什么用处。我不知道里面是哪个人尖声大喊了一句"为什么我们没有……没有自由！"人们突然爆发出了一片震耳欲聋的咆哮。"自由……还给我们自由！""这是他们的无情压榨！""我们要自由！""拆掉这该死的房子！"他们的面孔因愤怒的吼叫而扭曲，在我看来，他们简直像戴上了魔鬼的面具。那愤怒像一个炸弹在房子中爆炸，激烈的火焰和冲击波使得整个房子、整个荒原都在颤抖，空气被这烈火煮沸，不顾一切地燃烧，将我最后一份理智和镇定燃烧殆尽。我听见他们疯狂地拿手边一切事物砸向房子那可怜的铁墙，留下一个个凹痕，房子里灰尘四起。"住手！快点停下来！"我向他们大喊道，可是在震耳欲聋的敲打声中没有人能听到我的话语。我不敢相信梦游的人竟有这么大的威力，不禁往后退了几步，战栗着看着这一片惊天动地的混乱。

这时，我看见一个穿着红衣服的男孩爬到窗户上，摇晃着铁柱想要出来。我吓得连忙扑上前去，"不——不，好孩子，你不能出来，不能出来，赶快下去吧。"但这红衣服男孩不听我的指令——的确，梦游的人能听见什么话呢——更加用力地推着窗户上的铁柱，使它们颤抖起来。"不——不，别这样！"我大喊着，推向红衣服男孩的肩膀，他摔回了地面，有些痛苦地挣扎着想要站起来。看他这个样子，我心中不禁自责起来。唉，可怜的孩子，我怎么能这样粗暴地对他动手呢。不过说实话，这也不是我的错啊，若是他温和地请求出来转转，我说不定就破例想办法带他出来走走再送他回去了。可是这般混乱，我哪里敢给予他们任何宽容啊，看那疯狂而愤怒的架势，我连自己的安全都不敢保证呢。

红衣服男孩好不容易站了起来，神色迷离地立在我的面前。"我想出去……这里太挤了……我好想出去看看……"男孩啜泣起来，低声咕哝着，很是委屈。本来就不会跟孩子交流的我现在可真是急得不知道该干什么好了。"乖孩子，乖孩子，听着，你不可以出来——外面很危险的，我可不能让你出来遭遇危险，你说是不是？"我一边说着，一边手忙脚乱地翻着浑身上下的口袋，终于从外衣口袋里找到了一块太妃糖。"给你，孩子，快回去好好睡觉吧，睡醒了就把这块糖果吃掉吧，好不好？听话，快点回去吧，外面既不舒服又不漂亮，绝对不是你待的好地方。"

我丝毫不知道糖果是否也能给正在梦游的孩子带来吸引力，但是看起来我这拙劣的哄孩子方法奏效了。红衣服男孩握住了我手中的糖果，便平静下来了许多，甚至脸上还浮现出了心满意足的微笑。接着，他动作有些迟缓地将糖果放进了衣服口袋里，然后就好像浑然不觉周围的吵闹似的，靠着墙边坐了下来。我小心翼翼地观察了他一会，担心他身边疯狂的人群不小心伤到他。但实际上，他安然无恙，甚至带着安详的表情睡着了。

就在这时，更为离奇的事情发生了——我简直不敢相信我的眼睛。站得离红衣服男孩最近的一位男士，也平静了下来，好像感到了宽慰似的叹了口气，就结束了他此次的梦游，倒在地上睡着了。刚开始我猜想着他也许是这个孩子的父亲，因为自己的孩子睡着了而不再担心，所以心情才平复了下来。可是，紧接着，站在男士旁边的一位少女也迅速平静了下来，伏下身子睡去了。接着是一位老人，又是一位先生，然后是一位女士——大房间里拥挤的人群就像是被这位红衣服男孩推倒的多米诺骨牌，一个接一个，像散架了似的倒了下去，方才如同海啸的人们，现在已经退去了潮水，成了一汪水潭，只剩下一个千疮百孔的铁皮大房子和一片打不破的死寂。

我已经被这群人折腾得精疲力竭，于是也靠着墙壁坐了下来，打算闭上眼睛休息一会。我想现在大约是七点钟左右，因为太阳已经沉下了地平线，只剩满天的血红。

等我醒来时已经是黑夜了。老实说，睁开眼睛的那一刻我差点忘记了自己在哪里。要不是手指触摸到了我身后的铁皮，我肯定还得恍惚好一阵子。今天下午所发生的那一切像一个梦一样，现在我身后房间里的寂静更是让我怀疑起了那段经历的真实性。不过，我更愿意相信这些事的确发生了，避免我开始怀疑自己是否清醒。

　　黑夜还是一如既往的沉着。荒原之上的夜色显得比城市里更加有覆盖性，像个隐形的巨大凉棚。房子的门牌边挂着一盏昏黄的油灯，幽灵般的光将影子投射在大地上。除了我自己的心跳声，我简直听不到任何其他的声音。整个世界都睡着了。

　　"不。"我苦笑着自言自语道。我点燃了一支烟，烟头忽明忽暗的火光在黑夜里闪烁，像这荒原中的我一般微不足道。

　　"也许，整个世界都在梦游。"

　　刀、枪、愤怒的拳头；人群，街道，所有的信仰；他们骚乱，他们轰鸣，他们索求"正义"；我们拼搏，我们呐喊，我们倒下睡去。

　　"也许，整个世界都在梦游。"

－完－

（2020 年）

为你仰望星空的第 130 年

◎朱子沣　朱子沛

Starry, starry night 那夜繁星点点

paint your palette blue and gray 你在画板上涂抹着灰与蓝

look out on a summer's day 夏日里轻瞥一眼

with eyes that know the darkness in my soul. 便将我灵魂的阴霾洞穿

Shadows on the hills 暗影铺满群山

sketch the trees and the daffodils 树木与水仙花点缀其间

catch the breeze and the winter chills 用雪原斑驳的色彩

in colors on the snowy linen land. 捕捉着微风与料峭冬寒

——《*Vincent*》by Don Mclean 美国民间歌手 Don Mclean 创作歌曲《文森特》

浓郁的蓝色与灰色颜料在调色盘上混合，以流畅旋转的线条在画布上涂抹开来，低垂的夜幕下，手执画笔描绘着繁星点点。又或者，当阳光投射出的阴影笼罩在山丘之上，洁

白的颜料在画面中构成了棉絮状的云朵，蘸取了深绿色的画笔勾出丝柏树的枝叶，展现出那个灿烂的晴天。

他看上去投入极了。独自一人站在这一片景色之中，站在画架前，握着画刷的手似乎从来没有停下来过。颜料沾满了他的双手与他有些许破旧的衬衫，他似乎沉浸在自己的世界里，只有满眼的线条、色彩和满心的狂热。

过路人也许不会想到，这位来自荷兰的画家，这位衣衫褴褛、默默无闻的画家，会在自己生命结束之后的年月里，使整个世界为他的独特画作而震撼，为他的传奇一生而动容，对于未来的艺术发展造成巨大的影响，成为最广为人知的艺术家之一。

亲爱的文森特·威廉·梵高。

梵高自画像

文森特·威廉·梵高，1853 年出生，经历了热烈而悲剧的人生，在麦田一声震耳的枪响之后不久，便在 1890 年 7

月 29 日，走向了终结。

今天，2020 年 7 月 29 日，便是他在星空中俯视这个世界的，第一百三十年。

谨以此篇，纪念这位伟大的艺术家。

梵高的一生可谓是波涛汹涌。

1853 年，梵高出生于荷兰南部一个宗教气息浓郁的家庭，是一个牧师的儿子。最初，他也像普通的孩子一样，学习法语、德语和英语。他并没有从小接受训练并直接成为一名职业画家，在拥有"画家"这个身份之前，已走过了风风雨雨。

16 岁那年，由于对绘画艺术的喜爱，他来到了巴黎，成了一家国际艺术品交易商店的店员。然而，这份工作并没有持续很久，梵高的性格过于热情，不适合做这样的工作，也因此受到其他人的驱逐。后来他从事过许多工作，但均不怎么顺利，经受了不少世间的苦楚和磨难，奔波其中。他在英国做过基督教教师，也在比利时做过传教士，向在炭坑中采矿的贫困工人传教，在神前满怀虔诚地祷告。然而这些职业也只持续了几年时间，1881 年，他回到了故乡。

从回到家乡起，梵高才开始了他作为画家的职业生涯。在他人生最后的短暂十年里，梵高却出产了数量惊人的作品，包括素描、油画等，一共约 2100 幅画作。梵高在绘画时有着一种无比狂热的激情，沉浸在自己的世界中创作，好像要把身边的每一处景色都描绘到画布上。实际上，梵高艺术创作的巅峰时期是他生前最后两年的时光，也就是 1887 年至 1889 年。此间，梵高移居至地中海畔的法国小镇阿尔勒，潜心绘画，个人艺术风格也已经发展成熟，创作出了许多他最为知名的作品。然而，此时梵高的精神状态也在逐渐恶化，生活贫困潦倒，患上了精神疾病，以至于后来不得不去到圣雷米镇等地养病，却不见效果，最终便在巴黎北方的小村奥文斯中，用自杀的方式结束了自己的一生。

梵高画作《红色葡萄园》

由于人们在后来的时间里逐渐发现了梵高画作的艺术价值与其对于艺术发展的伟大影响，如今的我们似乎很难想象梵高当时默默无闻、陷于困苦之中的状态。在他一生中所创作的两千多幅作品之中，只在他弟弟提奥的帮助下售出了一幅油画《红色葡萄园》，也是在提奥的经济支持下才能维持生活。纵使梵高心中有着多么强烈的艺术热情，无论他在自己的油画中倾入了多少心血，也没有任何世人能够理解。

如果梵高知道，如今他的画作和经历人尽皆知，成为人们口中的伟大的艺术家，他应该也会对自己痛苦的一生所留下的痕迹，感到些许的欣慰吧。

　　文森特·梵高与塞尚、高更、亨利·卢梭并称为"后期印象派四大家"。人们认为,后期印象派是西洋画界中最大的革命之一,为西方艺术开启了一个崭新的纪元,也将其称为"表现主义"。梵高绘画作品中所特有的表现手法与艺术效果,便是受到了后期印象派的深刻影响。因此,要想更好地了解与欣赏梵高的画作,应当先对印象派及后期印象派有着一定的认识。

　　"数千年来,绘画的描写都是注重'What'的,至于'How'的方面,实在大家不曾注意到。印象派画家猛然地觉悟到这一点,张开纯粹明净的眼来,吸收自然界的刹那的印象,把这印象直接描出在画布上,而不问其为什么东西。即忘却了'意义的世界',而静观'色的世界''光的世界',这结果就一反从前的注重画题与画材的绘画,而新创一种描写色与光的绘画。色是从光而生的,光是从太阳而来的。所以他们可说是'光的诗人',是'太阳崇拜的画家'。"(丰子恺,《如何看懂印象派》)

　　丰子恺指出,印象派的革新意义在于其完成了绘画从"What"到"How"的转变。古典绘画比较注重画作的内容和寓意,例如表达宗教故事、记录事件等。但是印象派的绘画则对画作主题没有什么要求,就像莫奈的几个草垛都可以成为画作的内容,相较而言,印象派更加注重如何用画作表现这些物体,痴迷于光和颜色的反应,并且将关注放在纯粹的光与色上,把注意聚焦在表现的手法上。

　　印象派画家们观察光,欣赏光,也用画笔上的色彩驾驭光，因此被称作"光的诗人"。

梵高画作《夜晚的咖啡馆》

后期印象派与印象派有着一些显著的差异。印象派单纯地关注视觉，想要将阳光照射下展示出的事物面貌"再现"在画面上；而后期印象派画家将描绘的事物与主观建立联系，用个人的感情"表现"事物，这时事物便不是其本身了，而是独立于物体的、画家个人感情的新的创造。印象派画家认为其作品的价值在于自然中的物象与所描画的结果之间的相像程度，是停留在表面的、较浅层次的观察与还原；而后期印象派画家会在创作过程中将由观察某一物象而在心中产生的情感直接描绘下来，是更为深层次的反映，也从纯粹的观察发展为了主观的表达。正是因为这种对于"表现"的注重，后期印象派也被称为"表现主义"。

画布就像是一面镜子，印象派画家们用它映出了身边色彩斑斓的世界，而后期印象派画家们用它映出了坐在这世界中的、感性的自己。

梵高的绘画，就有着很深厚的后期印象派风格。

1886 年，梵高重新去往巴黎，与高更、毕沙罗、修拉等画家交际，并且受到这些画家的艺术影响。毕沙罗影响了他对于线条和颜色的理解，又从修拉那里学习了强烈鲜明的线条排列技巧。

梵高的艺术作品有着浓厚的个人风格，也有着极高的辨识度，当人们见到他那具有代表性的色彩、笔触与形态，便能够立刻认出他的作品。梵高的画作用色鲜明，展现出一种带有些许夸张的绚烂，他笔下的景色与人物都分外耀眼，色彩鲜艳欲滴，令观赏者们不自觉间便被吸引了注意力。除了鲜亮饱满的色彩，梵高对于笔触的运用也堪称绝妙。在描摹景物时，他常常会使用短促而有力的线条，一笔又一笔，最终组成一个整体，使画面丰富而富有节奏感。在独特线条的加持下，浓郁的色彩好像在画布上流淌，时而生长为风吹作响的田野，时而勾勒出郁郁葱葱的树木，时而又倾泻成了迤逦无边的星河，卷起漩涡，泛起涟漪，其曼妙难以言说。

梵高的画作中总是有着一股无法抑制的激情，随着狂乱的笔触奔涌而出，但这炽热的感情却不巧被画布紧紧地封住了，好像一声未出口就压抑住的长啸，只能在画面上流露出无尽的张力，令观赏者们满心震撼。而与此同时，这些狂热的笔触中又带着一种潜伏着的宁静与美丽，那是一位画家对他身边世界的迷恋与深情，这种温柔的爱，击中了人们内心深处的柔软，使观赏者们深深地为之动容。

　　文森特·梵高最著名的画作，要属于一系列向日葵的作品了。这幅绘制于 1889 年布面油画《十五朵向日葵》便是其一，一度成为梵高其人的象征。

梵高作品《向日葵》

　　画中，一个微微变形的黄色大花瓶放置在一个深黄色的桌面上，背后的墙也是躁动的鲜黄，充斥着整个画面。瓶中，插着十五朵盛放的大向日葵，金黄色的浓郁的花瓣在金棕色的花蕊上充满野性地伸展着，仿佛一团火焰在炽热地燃烧。深绿色的茎和花托扭动生长，大朵的向日葵花朵拼命地延伸自己所拥有的空间。高饱和度的几乎填满金黄色的画面呼之欲出，热烈的向日葵花朵的生长似乎马上就要冲破画布，饱满地吸收了阳光的赐予，越发显得热情似火。梵高好像有一种激动而狂热的状态，大量浓郁的颜料直接从颜料管中挤出，涂抹在画布上，涂抹出黄色的墙壁，涂抹出黄色的桌面，涂抹出十五朵鲜艳奔放的向日葵的花瓣。整个画面运用暖色调，并且运用同色系画法，有一种视觉上和情感上的和谐，显得异常有力量和冲击力。而这些向日葵花朵，线条那样舒畅，形状那样自然，那样生机勃勃的美丽。

这幅向日葵的画作让人仿佛窥探到了梵高灼热的心，他对于太阳充满大胆的渴望，热切地通过向日葵花朵表达自己内心奔涌的热情，但也表现出他精神状态的不安和焦躁，花朵仿佛不断地躁动。他说："我越是年老丑陋、贫病交加、惹人讨厌，越要用鲜艳华丽、精心设计的颜色为自己雪耻。"

文章开头所引用的一段歌词，来自美国民谣歌手 Don Mclean 的著名作品（Vincent），是为了纪念梵高这位艺术家而作。这首歌曲中最为脍炙人口的一句歌词 "Starry, starry night"，其灵感便是来自梵高的代表作之一——《星月夜》。

梵高作品《星月夜》

布面油画《星月夜》于 1889 年由梵高创作。与《十五朵向日葵》炽热的金黄色画面不同，《星月夜》是一幅深沉的蓝色系画作。画中的前景是一棵深绿色的树木，树梢微微卷曲着，好似在随风起舞，树的顶部一直延伸到了画面顶端，修长而纤细。这棵树背后的中景是圣雷米镇的房屋，星星点点地散落在山间，有些人家的窗户里还亮着暖黄的灯火，教堂的尖顶安静而显眼地伫立着，引导人们的视线去跟随着山峦起伏，绵延到画面的右侧。再往上看，便是这幅画作最令人惊异与着迷的部分：一大片广袤而璀璨的星空。湛蓝的夜幕上飘浮着卷成软边形的云彩，繁星的光晕打着旋，与金黄色的灿烂月光一起，点亮了整个夜色。

星空像极了一片大海。闪闪发亮的星星就像是被投入水中的小石子，泛起圈圈涟漪，将透亮的光从涟漪的中心散发出来，斑斑驳驳的。涂抹出天空的短促笔触像是一波又一波的海浪，无声地冲刷着海滩，在月球引力的牵引下，推动着潮汐。画面右上角的月牙由金黄色画成，在与蓝色背景的鲜明对比中显得格外突出。梵高的调色板简直调出了世界上最动人的蓝。深浅不一的蓝色在流畅的线条中静静流淌，汇合，编织出了一幅无比美丽的画面。沉静的蓝，深邃的蓝，浓厚而忧郁的蓝，在梵高的画笔下涌起暗流，卷起漩涡，简直是夜色中的蓝色交响曲，深沉而伟大。

观众在看到这幅画时，一定会认为画家疯了。树梢、山脉、云彩、星月，一切都在扭曲，一切都在旋转，尽情地表达着一种近乎癫狂的亢奋，但在这种疯狂过后却透露出一种出乎意料的平静。绵延无尽的蓝色舒缓了观众的心情，整个画面好像在诉说尽了幻想之后沉沉睡去，只剩下夜空温柔的呼吸。那些房屋里的人们也许不会知道，在这个平凡的深夜，圣雷米镇精神病院中站着一位感性的画家，静静地画下了这个夜晚的星河。小镇中的灯火与星空中的繁星是用同样的金黄色绘成的，若隐若现地呼应着。天与地之间，梵高独自站在画布前，仰望着繁星的他一无所有，只有永远与他相伴的孤独。

还有一幅梵高极著名的作品《麦田里的乌鸦》，既不同于《向日葵》系列的热情奔放，也不同于《星月夜》的深邃沉静，而是充斥着一种消极的情绪。

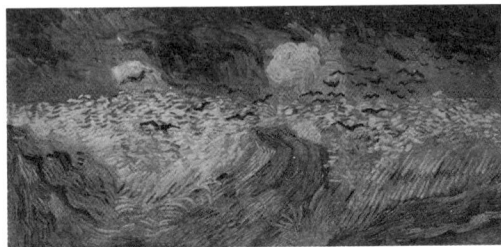

梵高作品《麦田里的乌鸦》

画中，麦田和天空将画作分成两半。金黄色、浓绿色和深棕色通过一个个短小而密集的笔触线条勾勒出了一片麦田，金色的麦浪涌动，仿佛可以看到一阵风吹过这些麦穗，使得它们将自己的金黄色向旁边延伸出去，麦田像一片金色的海洋。麦田中有一条踏出来的泥土路，蜿蜒曲折，穿过麦田，一直通向遥远的地平线。在这片看上去还算平静祥和的麦田之上，蓝黑色的天空沉沉地压着，浅蓝、黛紫、深蓝直到死气沉沉的黑色，这片天空带来了黑夜，为麦田带来了令人窒息的重压。沉重的暗冷色似乎要将鲜亮的暖色完全吞没，跳动的笔触和线条使这片天空像极了恐怖和压抑的梦魇。而在无力反抗的麦田和阴郁暗沉的天空之间，一群乌鸦仓皇失措地飞起，简单的两笔画出的黑色翅膀在风中凌乱。笔画涂抹，蓝色与黄色、深色与浅色、冷色和暖色撞击，充满着痛苦的压迫感，每一个线条都躁动不安，乌鸦的隐喻更让画面看上去阴森了许多。

这个画面创造了极其沉闷压抑的气氛，金黄色的麦田沉默的麦浪，蓝黑色的天空吞噬的黑暗，乌鸦仿佛受到惊吓的低飞，挣扎地试图在沉重的空气里呼吸。1890年，画出这样一幅作品时，梵高的精神已经痛苦到了极致。画作完成后不久，梵高再次来到这片麦田，对着自己的身体开了一枪。几天后，1890年7月29日，这个伟大的艺术家的生命像惊飞的乌鸦一样陨落了，在黑夜的星空中沉沉睡去了。

"他一向认定艺术不是从人生上游离的，而是人生的血与热所迸出的结晶。所以他不把艺术当作憧憬的、陶醉的娱乐物，而视为自己心中的燃烧的火焰。"（丰子恺，《如何看懂印象派》）

梵高对于艺术永远都是充满热爱的，这份热爱与激情使他不顾一切地描画身边的一草一木，好像想把一切都记录在自己的作品里，那无比鲜活的色彩和笔触，便是他心中的火焰在画布上燃烧。在他的艺术作品里，有向日葵、星空，有田野、树木和卓地，他画下这个他所深爱的世界，同时也画下了他内心深处的自己。梵高短暂而传奇的一生，正是为艺术而活。

"他是太阳渴慕者，向日葵是他的象征。所以现在他的墓地上，便植着向日葵。"（丰子恺，《如何看懂印象派》）

很多人说，梵高就像是一朵向日葵。

向日葵有着鲜艳而明亮的金黄色，总是将面庞向着太阳转动，盛开时仿佛阳光一样灿烂，伸展着金黄色的花瓣。梵高的性格中有一部分极致的热情就像向日葵一般。他对于所做的事情总是有着一种近乎狂热的热情，从他的画作中便可以看出，那奔涌的似乎在流动的线条和笔触，那浓郁的大胆的颜色，总是热烈地表达自己的情感。"塞尚充满于静寂的熟虑的观照，梵高则富于情热，比较起来是狂暴的、激动的。梵高的暴风雨似的冲动，有的时候竟使他没有执笔的余裕，而把颜料从管中榨出，直接涂在画布上。他的画便是他的异常紧张热烈的情感。"（丰子恺，《如何看懂印象派》）在绘画时，梵高会极其专注，不顾一切地顺从内心的火焰去作画、去创作，对于宗教也是同样热烈的态度。梵高这样的热情，就像是一朵向日葵，无论发生什么，仍然热烈地、执着地去追寻内心的阳光。

梵高不止像一朵向日葵，也像他笔下那一片夜晚的星空。

夜空，深邃的深蓝色和黑色，星星和月亮闪烁。在梵高的画作中，星月的光晕是像一个环一样包围着星月的，天空也仿佛在涌动，旋成一个个圆。梵高的性格中也有一部分就像这星夜，深沉，感性，孤独而忧郁。梵高后期患上了精神疾病，经常无法控制自己的情绪，与另一位著名的画家高更产生冲突，甚至自己割掉了自己的左耳。他的情绪变得极其敏感而时常充满痛苦，只能有一幅一幅的画作来抒发和表达，成为一个偏执而沉浸于艺术的人。这样的梵高，仿佛星空，丰富而深沉，积累着大量激烈的情感，深邃让人捉摸不透，却也同时脆弱而忧郁，就像他常用的深蓝色一样。

梵高就像是一位诗人。他观察世界时的视野是敏锐的、感性的，有着善于发现美的双眼，有着敏感而细腻的内心，使他时时刻刻为身边的美而感动。同时，他以颜料为笔，画下的线条就好像一行行的诗句，充满深情地表达着自己内心的渴望，倾诉着自己变幻莫测的痛苦与欣喜。他的画作就像是写满了呓语的诗歌。

梵高也像是一个孩子。尽管经历了种种坎坷与挫折，梵高始终是天真的，对身边的一切充满好奇。在后期贫困潦倒、饱受折磨的日子里，他依然以一颗孩童般纯粹的心去创作。他好像与世俗的世界无关似的，沉浸在自己的天地里，对待艺术的态度始终如此执着，就像儿童时期单纯而固执的热爱，有着一种难得的干净。

可惜这个世界并没有善待梵高的美好。在梵高的画作中，浓郁厚重的色彩与线条像是他内心中无声的宣泄，他用画笔呐喊着，想要唤起人们的注意，渴望理解，渴望被爱。然而，在他的一生中，没有人留意过他的作品，更没有人能够真正理解他，他的呼唤只留在了他的画作里。最终，向日葵枯萎凋零了，黎明取代了淡去的星空，梵高那不曾被爱却始终深情的生命，也在燃烧中化为了灰烬。

他的人生好像是一场留下了斑斓色彩的梦境。

亲爱的提奥，你想过 100 年后的世界是什么样的吗？不知道那个时候阿尔勒的酒馆晚上还会不会有醉汉？普罗旺斯的烈日是否还会洒满金色的麦田？还会不会有人记得博里纳日像烟囱一样的矿工？你说 100 年以后，人们还会记得我吗？

这是梵高在 1889 年 7 月 29 日，与弟弟提奥的信件中所说的话。

如今，已经是 131 年之后的日子。此时人们不仅记得他，还仍然在欣赏他、怀念他、爱他。他的画作仍然在博物馆里被珍藏，人们为他的人生谱写歌曲，出版了数不胜数关于他的书籍，拍摄了众多纪录片与电影。如今，人们仍然会为他的人生与性格而微笑和流泪。无论阿尔勒、普罗旺斯与博里纳日经历了什么样的变化，梵高始终是那个热烈而感性的画家。

我们爱梵高，是为他悲惨而传奇的一生所吸引，是为他炽热而美丽的艺术而着迷，也或许是因为，我们在梵高身上的某些特性里看到了心中的自己。也许在我们内心中柔软的角落，都多多少少有着一些敏感、热情、对理解与爱的渴望，有着一份炽热的激情与我们真正热爱的事物。

2017 年上映的、由六万多幅梵高油画组成的电影《挚爱梵高·星空之谜》，结尾的这一段台词令人深深地感动：

在画家的生命里

死亡可能不是最难面对的事

对于我来说 我一点也不了解

但是天上的星星时常让我做梦

为什么？我问我自己

天上的星光于我们是那么的触不可及

或许我们死后就能抵达星辰之上

而离开人世不过就是踏上了

走向星辰的路

现在时间太晚了

我要就寝了 祝你好运 晚安

握个手 你最亲爱的文森特

也许，如今的梵高便成了他生前所热爱的星空的一部分，对着人间，闪耀着光辉。

你是值得我们永远深爱的。

文森特先生，晚安。

文字参考资料：

丰子恺，《如何看懂印象派》，新星出版社

许丽雯，《你不可不知道的 300 幅名画》，中国旅游出版社

有画网，《偏执的艺术狂人梵高》

有画网，文森特·梵高作品欣赏解析

DonMclean，《Vincent》

图片来源：

梵高作品图片均来自 useum.org

电影《至爱梵高》